COLECCIÓN MESILLA DE NOCHE

Relatos

Colección Mesilla de Noche

© Paradores, 2000
Requena, 3. 28013 Madrid
Secretaría de Estado de Comercio y Turismo
Ministerio de Economía

Gestión editorial, CYAN, S.A.
Fuencarral, 70. 28004 Madrid
Tel.: 91 532 04 05

ISBN: 84-8198-443-4
Depósito legal: M-44.997-2000

Con el objeto de premiar aquellas obras que contribuyesen al conocimiento de España y de su Red de Paradores y fomentar la lectura y el intercambio cultural internacional, Paradores de Turismo de España convocó en 1999 la Segunda Edición del Premio Internacional de Relatos. Este libro, segundo volumen de la colección "Mesilla de Noche", recopila las historias que según los miembros del Jurado han sido merecedoras de estos galardones y que ofrecen las visiones de distintos autores sobre hechos históricos acontecidos en los establecimientos de la Red u otros que su fantasía los ha llevado a situarlos en sus entornos.

Esperamos que disfrute de estos relatos y que su imaginación le lleve a otros Paradores de la Red.

Feliz descanso.

Los relatos incluidos en este libro resultaron galardonados con la Segunda Edición del Premio Internacional de Relatos Cortos de Paradores de Turismo. El Jurado, reunido el 14 de enero de 2000, y compuesto por Jesús Torbado, en calidad de Presidente, Esther Eiros, Ángel Expósito, Mariano López, Fernando Ónega, Luis Pancorbo, Ramón Pernas, Rosa Regás y Javier Rubio, acordó entregar los galardones a los autores y textos que se reproducen a continuación.

Índice

Un homenaje
Carmen Palomo García

Matómela un ballestero; déle Dios mal galardón.

Anónimo

cervom aftifrontum cornua
dicat Dianae Tullius
quos vicit in parami aequore
vectus feroci sonipede
Inscripción lapidaria hallada en León (época de Caracalla)
Museo de León. Claustro del Parador Nacional San Marcos.

Estimados amigos:

No voy a ocultar que estoy emocionado, cosa rara en mí. Pensaréis que me apena dejar la profesión o que cumplo con lo que se espera de un homenajeado el día de su jubilación, aunque este homenajeado sea poco dado a sentimentalismos. No es eso. Os tenía preparado un discurso al uso, recordando los buenos y malos momentos que hemos compartido, pero no lo voy a leer. Que se acuerde cada cual de lo suyo. Antes de subir al salón he estado un momento en el claustro, contemplando las lápidas romanas, un lugar que he evitado 50 años... Y quiero hablar de ello, y de los que no están y no conocéis: de Toñín, que hoy debería sentarse a mi lado; y de Espinel, cuyo recuerdo el tiempo haya podrido sin misericordia.

Comencé a trabajar en el periódico en el año 32, como casi todos; llenaba los tinteros y limpiaba las planchas. Antonio Ramos, Toñín, de mi misma edad, había entrado dos meses antes, lo que según su código moral privado le confería la sagrada obligación de velar por mí. Así, Toñín, además de ser el tonto de la casa, era quien me vigilaba el bocadillo de media mañana, el que se quedaba conmigo a terminar el trabajo cuando todos se habían ido, el que me llamaba cariñosamente *alelao*. No éramos amigos. Uno iba para eterno tonto de la casa y otro, yo, tenía grandes aspiraciones profesionales. Empecé a subir peldaños: gané un concurso provincial de literatura, me estrené de linotipista y le escribía las crónicas más farragosas a cualquier redactor en apuros. Y Toñín seguía llenando los tinteros y velando por mí.

Los detalles no vienen a cuento. El 26 de julio del 36 entré preso aquí, en San Marcos, por aquel entonces Cuartel de Caballería, antes Escuela de Veterinaria, antes convento, antes Hospital-Hospedería de peregrinos a Santiago, antes cárcel... La cárcel, con 20 años; la pena de muerte; y Toñín, mi ángel Toñín, preso conmigo, con su cantinela:

—No te preocupes, *alelao*, que de aquí salimos, que te tengo yo que enseñar a cazar la calandria. ¿Tú has oído cantar la calandria?

Espinel, el teniente al mando, era un coruñés con ascendencia francesa, de la que solía presumir soltando expresiones en francés que nadie entendía. A mí me llamaba el *journaliste*. A Toñín tal apodo le daba la risa. En realidad, a Toñín cualquier cosa, absurda o no, podía provocarle incontenibles carcajadas inocentes que le caían en cascada de su boca medio desdentada; ni Espinel pudo corregirle la risa a pesar de los muchos golpes que le dio. Teníamos diez minutos para lavarnos en la fuente de enfrente, que hoy ya no existe, lavar también los platos y pasar por las letrinas. Diez minutos a carreras, en los que Toñín, por las prisas, no dejaba de reír. Y otro golpe más en la oreja.

—A ver, el *journaliste*, que me venga a ver a las tres en punto a la crujía oriental del claustro.

A las tres, dijo Espinel. De camino a su encuentro, entre los muros que son éstos, los mismos (los mismos...), yo pensaba que me mataban, sin pelotón, sin venda, yo solo, sin Toñín siquiera; o que me soltaban para ir a cazar la calandria; o que me iban a interrogar con el cañón del fusil apuntando entre las piernas; o que se caía el claustro a pedazos, con su crujía y todo, palabra que desconocía y que aún hoy me hace temblar, como cuando vuelvo a sentir cerca el hedor de un caballo semental. Allí estaba Espinel, solo, fumando.

—A ver, que me han dicho que tú escribes. Éste es un asunto entre nosotros. Si cuentas algo te mando fusilar...

Como ya nos habían comunicado la sentencia unos días antes, la amenaza, en tales circunstancias, no dejaba de tener su ironía macabra; en algún sitio dentro de mi cráneo resonaban las carcajadas de Toñín, y también el golpe seco de la mirada afilada del teniente.

—...o te corto los huevos a ti, a tu amigo el bobo y a todos los empapelados contigo. ¿Queda claro? Quiero que le escribas unas letras, algo bonito, un *poème*, a esta mujer —dijo alargándome una foto—. Se llama Eulalia. Pon el alma. Dile lo guapa que es. Y ni una palabra a nadie. Para mañana a las tres, aquí mismo.

Y así me fui para la celda, a la cuadra quinta (que llamábamos la sala), más *alelao* que nunca, apretando la foto contra el pecho como si fuera una estampita mariana y rezándole a las musas, que en ellas me iba la vida.

—Eh, *alelao*, ya me contarás de dónde vienes y pa qué quieres lápiz y papel.

Me salió una endecha poco pasional pero muy correcta, dentro de la más clásica tradición mariana. A Espinel le gustó, que era de lo que se trataba; luego supe que a Eulalia aquellos primeros versos le dejaron más bien fría. A la endecha le siguieron, semana tras semana, octavas reales, estrofas manriqueñas, algún soneto... Era finales del año 36, se llevaban a los compañeros, el frío y la humedad nos comían los huesos, mi sentencia se posponía a golpe de verso. El día que le entregué a Espinel una silva asonantada bastante inspirada me atreví a sugerir escuetamente:

—Señor, que Antonio Ramos se quede conmigo.

Por aquel entonces Toñín ya sospechaba algo, con tanta visita al claustro y tanta poesía a destiempo. Espinel me iba dejando las cartas de Eulalia para que yo las contestara, siempre bajo su supervisión y con algunos detalles que me daba. Toñín me robó una y, aunque apenas sabía descifrar las letras, aquello le pareció un tesoro. No me la quería devolver. Estuvo a punto de enseñársela a los compañeros pero conseguí convencerle de que la tal Eulalia era mi novia, que en realidad se llamaba Lola, que yo la quería mucho, que el teniente me requisaba las cartas por pura maldad y que de estos asuntos de faldas no había que hablar con nadie, con ningún compañero, ¿entiendes Toñín?, son cosas personales, entre amigos íntimos como nosotros, con nadie más, ¿vale?

—No te preocupes, *alelao*, soy una tumba; silencio absoluto entre amigos, como cuando se va a cazar la calandria. Anda, *alelao*, háblame de la Lola. ¿Cómo es?

Por las noches yo me inventaba, para entretener a Toñín, para dormirle y mantenerle bien callado, un noviazgo con la Lola; al amanecer, le escribía a Eulalia sobre la dureza de la guerra y de este maldito destino y sobre lo mucho que la añoraba. A Toñín lo que realmente le interesaba era saber si la Lola tenía las tetas grandes o pequeñas; Espinel insistía en rememorar el frágil cabello de la mujer, batido por el viento del mar. Yo nunca había visto el mar. Un mar de agua bendita, escribía. Miraba el Bernesga por el ventanuco, el río que lame el costado de San Marcos, que se inmiscuía en la celda formando charcos en el suelo, eso era la pena de muerte, eso, sin la risa de Toñín.

—No te preocupes, *alelao*, que en cuanto salgamos de aquí, te enseño a cazar calandrias y que nos las cocine la Lola. Suben alto, alto y, bien arriba, se desgañitan cantando.

—*Journaliste*, esto va bien. Pero a ver si le echa algo de *courage*, hombre, no sea tan tímido, que entre nosotros hay confianza.

Yo nunca había visto el mar ni oído desgañitarse las calandrias; ni sabía ya si "nosotros" éramos Espinel y yo, o él y Eulalia, o Eulalia y yo, o Lola y Toñín, o el Bernesga y las calandrias que un día íbamos a cazar, eso seguro. *Courage*.

Lo de las cartas iba bien. Me inventaba, a mi manera, la historia de un Espinel enamorado y él, satisfecho, copiaba mis papeles para disimular la caligrafía, cada vez con menos cambios. Al principio Eulalia se mostraba distante: agradecía los poemas, enviaba noticias de gente cuyos nombres nada me decían, anécdotas de La Coruña y sus familias. Poco podía yo hacer para responderle en el mismo tono, por lo que, azuzado por la connivencia del teniente, me fui decantando hacia lo intimista; insistía en el cariño, la admiración, el amor, la pasión (así, *in crescendo*) que su vivo recuerdo me inspiraba.

Eulalia picó el anzuelo y Espinel andaba eufórico. "Jamás habría adivinado, si no es por esta triste guerra en la que Dios te guía, los nobles sentimientos que guardabas para mí", escribía Eulalia. ¡Ay, Eulalia! Lo que jamás adivinarías era de dónde salía todo aquello, las obscenidades inocentes de Toñín, el picor de los sabañones, el olor a meada de semental y humedad podrida. Y el miedo.

A comienzos de 1937, tras las Navidades, la correspondencia se interrumpió. Espinel había estado una semana fuera y, a su vuelta, me sonreía con complicidad con una mueca que a mí me recordaba vagamente la sonrisa de Toñín, pero con más dientes y más blancos. Pasaron dos meses sin noticias de Eulalia. Supuse que el teniente había pasado el Año Nuevo en La Coruña y que algo serio había pasado entre la mujer y él, lo que habría acabado con la relación y el intercambio de cartas. Me equivocaba, pero sólo a medias. En marzo el teniente me dio un fajo de cartas de Eulalia sin abrir.

—A ver *journaliste*, un regalito. Y un último encargo, y corto, que para decir *c'est fini* no se necesitan muchas florituras.

En las cartas de comienzo de enero, hablaba Eulalia de la semana pasada juntos, del mucho amor que había sentido en sus brazos, de la profundidad de sus silencios cuando estaban juntos, "como si todo ya hubiera sido dicho o escrito, para siempre". Quince días más tarde comenzaba a inquietarse por la ausencia de respuestas, lo que quizá se debiera, conjeturaba ella, a un traslado imprevisto o al fallo del correo. En febrero había empezado a sospechar la verdad: Espinel no quería saber nada. Leí los reproches, suaves al principio, la invención de posibles justificaciones, la aparición de los porqués, las citas textuales (tú escribiste, me decías, jurabas...), los montones de cuartillas diarias, los gritos de rabia. La inútil y enloquecedora espera. El "honor mancillado", pobre, y las amenazas imposibles. La incomprensión final y la otra desesperación, sin sabañones.

Respondí como pude. "Lo nuestro no puede ser, ahora no te lo puedo explicar", cosas así. A Espinel no le pareció pertinente esta última misiva. Supongo que me entregó las cartas de Eulalia sólo para hacerme partícipe del éxito de su empresa (nuestra empresa), igual de semental y bestia que los espineles, ajenos e inocentes, que pastaban ante nosotros en el recinto del claustro. Leyó la cuartilla delante de mí, bajo la hermosa crujía oriental, en una resplandeciente mañana primaveral que parecía seguirle el juego. Arrugó el papel y lo tiró al montón de estiércol.

—Bien, *journaliste*, vuelva a lo suyo.

No podía moverme. Le miré fijamente, sin querer, durante unos segundos. No fueron mis ojos (cómo iba yo a atreverme a mirarle

17

así...) sino los de Eulalia. Pensé de nuevo que iba a fusilarme allí mismo, entre el olor de las meadas de los sementales, sin más. Dio una calada al cigarrillo, levantó el mentón marcial y soltó secamente, para zanjar la incómoda situación:

—Mañana sale Antonio Ramos. Ahora, lárgate.

Oí sus botas retumbar en el empedrado, bajo las bóvedas renacentistas, con sus pasos marcando el inicio sonoro de una cuenta atrás. Desde la sala oíamos los relinchos breves de los caballos inquietos. Yo no sé si los tontos tienen algún sutil sentido para lo venidero en compensación por su santa ceguera. Aquella noche Toñín no pudo dormir (y yo tampoco), pero no me preguntó por la Lola. Al clarear, se puso en cuclillas, recogió unas pajas del suelo y en voz muy baja me buscó entre las sombras:

—Ven acá, *alelao*. Mira, atento, que te voy a contar cómo se caza la calandria. Tienes que ir bien temprano, antes de que te alcance el sol, a la laguna donde hayas visto las huellas de la bandada, que es el bebedero de las calandrias. Pongamos que esto es el bebedero, ¿vale?

Y Toñín se arrodilló ante un charco de la celda que ya reflejaba el primer sol de su última mañana.

—Tienes que buscar la orilla más llana del bebedero para poner allí las varetas, por los otros sitios pones barro y hojas, y así no se te desperdigan los pájaros.

Amontonaba con delicadeza porquería alrededor del charco. En la concentración de la tarea, una solemnidad pueril asomaba al rostro relajado de Toñín. En el suelo de la celda, alrededor del charquito, yo veía componerse la escenografía onírica del campo abierto, las bandadas y los grandes cielos entre las manos torpes y oscuras de Toñín.

—En el llano pones las varetas untadas en liga. Sacas un poquito de liga del bote, te la untas tal que así en el dedo y después vas enrollando con ella la vareta. Para que la vareta no se te pegue al suelo, la pones sobre dos piedras, con cuidado. Vas a necesitar muchas varetas y lleva su tiempo armarlo todo, vete temprano. Cuando tengas un buen cacho, te escondes a esperar la luz. No tardan. Viene una y luego otra y luego cientos. Se acercan despacio a beber y empiezan a caer. Cuanto más revolotean asustadas, peor, porque se les pegan las varetas en las alas. Ya son tuyas. Te levantas y a por ellas. Lo mejor es cogerlas una a una, taparles los ojos y retorcerles el pescuezo, "pa" que no les duela más. Así.

Y quebró con saña una paja entre sus puños oscuros al tiempo que chascaba la lengua como si se partiera limpiamente la garganta del imaginario pájaro. Después oí, oímos todos, hasta los caballos, aquella carcajada desdentada, el estallido final de la cuenta atrás, porque ya se abría la puerta por donde saldría Toñín.

Nadie me sacará de aquí

Adolfo Vargas Izquierdo

No os voy a regalar ni media palabra. Sentaos en esa elegante silla de uno en uno o amontonados en una piña y preguntadme todo lo que os apetezca durante una decena de eternidades. Me trae al pairo: no os voy a contar nada. Me da igual que vengáis con cara de buena gente, o que aparezcáis en tropel soltando bravatas y amenazas.

Si para tratar de ablandarme habéis decidido aparecer en equipo, sabed que prefiero la banda de médicos y enfermeras. Bueno, aclaremos, hablo de la doctora de melena corta y gafas redondas que llega silenciosa, agarra la silla, la coloca cerca de la cama, suelta la sonrisa y se aparta el flequillo de la frente con la mano. Sin darme cuenta, me enreda con esos ojazos verdes y ese color de labios que envidiarían los fresones de Almería. Lo malo es que, tras la exhibición, termina haciendo la misma pregunta que los demás: *¿no cree que deberíamos hablar de ese hotel?*

A los que no soporto ni pienso dirigirles la palabra es a los dos policías franceses. Parecen sacados de una película en blanco y negro de los años sesenta. Uno es clavadito a aquel Jean Gabin que hacía siempre de comisario y el otro es un calco de Jean-Paul Belmondo. *Pero, monsieur, debe entender que tiene que contarnos todo lo que pasó esa noche en el hotel,* me dice el gordito con cara de buena gente. *Mira, camionero de mierda, como no sueltes todo por esa bocaza de buzón de correos, te envolveremos en un saco de plástico y te llevaremos a Francia para que te pudras en la cárcel, ¿lo entiendes o te lo escribo?,* me suelta, en cambio, a bocajarro, el Belmondo, con cara de pocos amigos.

Lo entiendo, claro que lo entiendo, pero no os contaré nada de lo que pasó anoche en aquel maldito hotel. Ya sé que ocho muertos son muchos muertos y supongo que vuestros gerifaltes de París están removiendo el cielo con la tierra para que solucionéis cuanto antes este caso. Por eso, hasta habéis cruzado la frontera y os confabuláis con vuestros amiguitos españoles para darme la lata.

Me hubiera gustado haber visto los periódicos y los telediarios de vuestro país para saber cómo estáis explicando lo inexplicable. ¡Menudo follón debe de haberse armado! Pero a mí me da igual: no pienso soltar prenda. Voy a quedarme en esta cama de este parador hasta que se acabe el mundo. Nada, ni nadie, podrá conseguir que salga de aquí. Por el único que lo siento es por el director, aún recuerdo su cara de espanto cuando intentaba convencerme, con mucha amabilidad, eso sí, de que la puerta de un parador no es el sitio más adecuado para dejar aparcada la cabeza tractora de mi camión de 38 toneladas. Comprendo que como yo no me encontraba para convencimientos fáciles terminara llamando a la policía, al hospital y al manicomio.

Lo siento por él pero no dejaré esta habitación de ensueño por nada del mundo. Voy a descansar un rato, algo han debido de darme con la cena porque se me están cerrando los ojos. Voy a darme un garbeo mental por mi pueblo.

Hoy los niños no dejan la cantinela de que se aburren, necesitan tener encendida siempre la tele y muchos juguetes para distraerse. En mis tiempos, no parábamos en todo el verano y no teníamos nada de eso. Subir y bajar por aquellos montes, llevar los mulos al abrevadero, ordeñar las cabras, dar vueltas y vueltas con el trillo en la era. No había ni un momento de aburrimiento en todo el día. Y cuando los mayores no nos daban trabajo, nos juntábamos toda la chavalería y nos íbamos al río del barranco a coger ranas y a bañarnos. ¡Pobres ranas!

Aquello era el paraíso. "Plena naturaleza", como dicen ahora los pijos. Sin máquinas de ninguna clase, apenas una radio que escuchaban las mujeres cuando se juntaban por la tarde debajo de la parra que había en la puerta del corral y se ponían a coser o a jugar a las cartas. Lo más extraordinario de nuestras vidas era oír el ruido de un motor entre los montes. Niños y mayores nos acercábamos hasta el borde de la era para ver pasar el coche allá abajo en la carretera. No había máquinas, no señor, todo se hacía con la fuerza de los brazos o con la ayuda de los animales. Las mujeres tenían que bajar al río a lavar la ropa e iban por agua de la casa y, joder, no puede decirse que el caminito de subida y bajada no tuviera sus migas. Tampoco en la cocina teníamos lavadoras, frigoríficos y todas esas modernidades de hoy en día, sólo el fuego de los leños y una olla hirviendo encima.

Ahora, todo es al contrario: hay máquinas para todo. La primera de todas, por supuesto, ese inmenso camión que llevo de un sitio a otro de Europa. ¡Quién me lo hubiera dicho de niño! Todo un camionazo de 38 toneladas, 18 ruedas y más de cuatrocientos caballos en mis manos. Te subes allá arriba, das la vuelta a la llave de contacto y parece que tienes un volcán bajo tus pies. Con su aire acondicionado, el equipo de música, el camastro para echar una siestecita, la radio para hablar con los compañeros. Eso sí, siempre limpio y reluciente, que mis buenos fregados le pego tras cada viaje, aunque, ¡ay!, no sea oro todo lo que reluce. Ya quisiera yo que todo fuera tan sencillo como en aquellos veranos de mi infancia. Todos los días del año subido en esa cabina, con frío o con calor, con nieve o con viento, tragando kilómetros: de Burgos a París, de Almería a Ámsterdam o de Milán a Barcelona.

Dicen que viajar culturiza mucho pero ése no es mi caso. Todas las autopistas son iguales. Los pueblos y las ciudades son apenas un letrero escrito en los carteles de las carreteras. Sólo tienes tiempo para echar combustible y tomarte un café en las áreas de servicio. Y de idiomas poca cosa, si acaso algo de francés porque todos los caminos pasan por este país y con esta gente hay que andarse con cuidado, porque si no te la dan a la entrada, te la darán a la salida.

¡Ese maldito hotel de 195 francos! Me tiene totalmente obsesionado, ya ni me sirve ampararme en los recuerdos de mi infancia. Voy a tener que hacer algo para sacármelo de la cabeza. Sí, puede que mañana le cuente la historia de esa noche en el hotel a esa doctora. Le guiñaré un ojo y le diré que se ponga cerca de mí. Eso sí, le pediré antes que eche de la habitación a ese estúpido policía que no me quita ojo de encima. Así podré oler bien su perfume.

Mire, doctora, le voy a contar a usted, y sólo a usted, toda la historia de ese puto hotel de 195 francos. Aunque dudo que pueda entenderla y, en todo caso, terminará pensando que estoy chiflado. Yo en su lugar pensaría lo mismo. Pero, si he decidido contárselo, es para ver si puede ayudarme a sacármelo de la cabeza con alguno de esos trucos que vienen en los libros de medicina que ha estudiado. Le propondré un trato, doctora, yo le cuento todo lo que pasó esa noche y usted me da algo para olvidarme de todo aquello.

Empezaremos por el principio como aconsejaba el tío Ambrosio en el pueblo. Venía del puerto de Róterdam con carga para Bilbao. Todo estaba saliendo maravillosamente por primera vez en mil años. Había recogido la carga sin problemas y, por esos milagros que sólo a veces suceden, venía a buen ritmo. Nada de atascos, nada de retenciones, ni en Holanda, ni en Bélgica, ni en Francia. Conforme me acercaba a París pensaba que todo estaba saliendo demasiado bien para ser realidad. Seguro, pensé, que en la circunvalación de París me encuentro el típico tapón, la salida del fin de semana, el accidente o la consabida manifestación de agricultores cortando el tráfico. Cuando crucé, seguro y veloz como Induráin, la A-10, después la A-36 y enfilé la autopista del Sur, no me lo podía creer. Existe sólo una posibilidad entre mil de que eso te ocurra, pero, como dicen en mi pueblo, de higo a breva.

Por cierto, ¿ha probado, doctora, alguna vez los higos y las brevas de mi tierra?, ¿no?, pues no sabe, entonces, lo que se ha perdido. La próxima vez que nos veamos le traeré una caja, pero de las de verdad, de las higueras silvestres que crecen en las riberas de los barrancos, no de esas plasticosas que fabrican en los invernaderos.

Vale, vale, no me mire así, vuelvo a la historia. Cruzar todo ese follón de tráfico, habitualmente endiablado, sin que tengas que detenerte, créame, pertenece al capítulo de los milagros. No sé si ha sufrido alguna vez uno de esos atascos, querida doctora. Estar allí parado, quieto, inmóvil, sin poder avanzar un solo metro, con cientos de coches a tu alrededor y con más de cuatrocientos caballos bajo tu pie derecho sin poder hacer nada... es... desesperante. Pero, esta vez, los santos estaban conmigo. Ya estaba camino de la frontera de España. Apenas 600 kilómetros más, soltaría la carga y, ¡hale!, un par de días en casa.

Sólo tenía un pequeño problema para poder cumplir todos mis planes: estaba muerto de sueño. Había subido desde Almería hasta Róterdam con una carga de melones y la vuelta la estaba haciendo sin apenas haber echado una miserable cabezada.

Pero, ¿qué dice del descanso obligatorio? No diga tonterías. ¿Es, por casualidad, una confidente de la policía? Ellos no deben saberlo, me juego el permiso de conducir y el pellejo, ¿lo entiende? Pero debe saber que los camioneros tenemos nuestros trucos, sabemos cómo saltar inspecciones, manipular los tacómetros y evitar los controles de los policías de tráfico. Es parte del oficio. En este negocio mío o estás espabilado o estás muerto. ¿Hay carga?; hay que llevarla. ¿Qué no hay carga?, pues se llevan el camión los del seguro, los de repuestos, los del Ayuntamiento o cualquiera de la banda de saqueadores que hay es este mundo. ¿Lo entiende ahora?

Así que iba con el tiempo sobrado para descargar al día siguiente en Bilbao pero los ojos se me estaban cerrando y las cervicales me estaban matando. Fue entonces cuando empecé a ver letreros:

"195 francos."
"Hotel prochaine sortie."
"Chambre 1, 2 ó 3 personnes."
"Avec telephone, fax, TV."

La tentación era grande y empezó a machacarme la idea de parar en ese hotel que anunciaban en la autopista, darme una ducha, ver la tele y calmar el sueño hasta la mañana siguiente. Quizás fuera porque ya he pasado de los cuarenta, y mis fuerzas ya no son las de antes, o porque me estoy haciendo un burgués. Pero el caso es que, al final, no pude resistir la tentación. Salí de la autopista, entré en aquella área de servicio que venían anunciando los carteles y aparqué cerca de otro camión, justo debajo de un enorme foco de luz que había en la parte trasera del hotel. Pensé que desde mi habitación podría echarle de vez en cuando una ojeada al camión.

¿Conoce, doctora, la existencia de bandas organizadas que se dedican a desvalijar los camiones en las áreas de servicio de las autopistas? ¿No? Quizás otro día pueda hablarle de todas esas historias. Quizás cuando salga de este enredo podríamos vernos una noche y yo le contaría todas esas historias. ¿Qué le parece doctora? No crea que sólo soy un simple camionero, soy un hombre viajado que tiene muchas aventuras de las que conversar y podríamos pasar un rato agradable.

Vale, continúo. Cuando bajé del camión, conté cuatro turismos aparcados. ¿Que por qué puedo recordar ese detalle? Vamos, doctora, paso toda la vida en la carretera. En las autopistas no hay muchas cosas donde distraerse, no echan películas, no se va a exposiciones, no hay conciertos. Mi vida está encerrada dentro de las líneas blancas que delimitan el asfalto. Un mundo cerrado de marcas de vehículos, matrículas, letreros y destellos que te avisan que los gendarmes están cerca. Uno termina leyendo matrículas y contando vehículos de esta o aquella marca.

¿Conoce ese tipo de hoteles de los que le hablo? ¡Bah, tonterías mías, cómo va a conocerlos! La doctora viajará en avión cuando vaya de vacaciones e irá a una bonita isla del Caribe con su marido. ¡Ah, no me diga que no tiene! Será porque usted no quiere. No se ría, es una broma que decía siempre un locutor en la radio cuando yo era niño.

De acuerdo, sigo. Esos hoteles de los que le hablo son todos iguales. Hay cientos de ellos en todas las autopistas de Europa. Nada que ver con este parador de Hondarribia: un castillo del siglo X, o así, todo historia, elegancia y comodidad. Lo sé casi todo sobre él. No me entienda mal, no es que haya venido otras veces, ésta es la primera. Pero, siempre que paso por la frontera de Irún, pienso en él. Llevo un folleto en la guantera del camión, por si acaso, por si algún día, ya sabe.

Estos hoteles nuevos de la autopista se han construido para los que se les hace de noche en la carretera y quieren dormir un rato antes de proseguir su ruta al día siguiente. Una ducha, un rato viendo la tele y a dormir. A la mañana siguiente una taza de café y... ¡hala!, a conducir otro puñado de kilómetros.

Me gustaría conocer alguna vez a uno de sus arquitectos. Me gustaría decirle que no se debe de haber quebrado mucho la cabeza buscando detalles originales, un aire distinto o un toque decorativo diferente. Yo les llamo "hoteles de plástico". Son todos idénticos: un cubo de cemento pintado de gris con decenas de ventanitas iguales. Nada de despilfarros arquitectónicos. Ni un metro construido de más, ni un asomo decorativo. El lema debe ser: "que nada falte, que nada sobre". En cada habitación una cama doble, otra encima de ella suspendida de la pared para aprovechar el espacio y acostar a uno o dos niños, dos mesitas de noche y un aparato de televisión colgado del techo. En el mini-cuarto de baño, la taza de váter, un lavabo y una ducha. Todo medido hasta el último centímetro.

Son edificios de ésos que ahora llaman "inteligentes" donde todo está dirigido y supervisado por un gran ordenador central. Un aparatejo que enciende y apaga las luces, que abre y cierra las puertas, que atiende las llamadas telefónicas, que toma las reservas, que recibe a los clientes y que conecta la alarma en caso de incendio. En el pueblo, la tía Eulalia, que tenía una pensión, subía a trancas y barrancas por su cojera con los huéspedes hasta su habitación y les llevaba toallas y un caldito caliente si la noche estaba fría.

En estos hoteles de la autopista ni siquiera hay alguien que te dé los buenos días. No hay recepcionista, conserje o chico de las maletas. Nadie. Todo lo hace el ordenador. Con mucha suerte puedes ver, por las mañanas, a alguna mujer de la limpieza.

Pero, bueno, se trataba de dormir unas horas en un sitio barato. Abandoné, así, una vez más mi sueño de dormir una noche en el Parador de Hondarribia y, después de echar un último vistazo al camión, me dirigí hacia la recepción. Introduje en el cajero que había en la entrada mi tarjeta de crédito. Se encendió la pantalla del ordenador y empezó la retahíla de órdenes y preguntas. *Espere que verifique su tarjeta. Cuántas habitaciones desea. Correcto. El número de su cuarto es el 47. Conserve el número de código que le corresponde, no olvide que es imprescindible para entrar y salir de su habitación y del edificio. Le deseamos una feliz estancia.* Me soltó una tarjeta de plástico por una ranura, un recibo con el número de la clave y se apagó la pantalla.

Abría la puerta de entrada al hotel. Ni un alma a mi alrededor, atravesé el largo pasillo, me detuve ante la habitación y tecleé en el terminal al número de código que me había concedido el ordenador. Estaba agotado y me tiré en la cama, cogí el mando a distancia de la televisión y la encendí. Había uno de esos concursos que tanto divierten a la gente. Debí de quedarme dormido al instante.

Preste atención, doctora, que me parece que hasta aquí te estabas aburriendo con tanta introducción, aunque deberías tener presente lo que decía el tío Ambrosio de mi pueblo cuando nos contaba cuentos a los niños: "toda historia tiene un antes y un después, así que no tengas prisas". Ahora viene la parte que más os interesa a todos los que lleváis horas rondando esta habitación: conocer los detalles de la muerte de los ocho clientes de aquel hotel de carretera. Casi nada. ¡Qué titular para los periódicos! No olvides que ya te advertí que lo que voy a contarte no les va a gustar nada a tus amigos los polis. Ellos prefieren creer que el loco que acabó con esos ocho fiambres soy yo. No tienen pruebas, ni les deben de encajar las fichas que tienen a la vista, y es improbable que un juez llegue a la conclusión de que fue este pobre camionero quien acabó con estos desgraciados, pero en el fondo desean creerlo. No encuentran otra explicación razonable y, aunque pueden estar sospechando la verdad, ésa les asusta tanto como asustaría todo aquello que depende de las máquinas.

Doctora, no se impaciente, no podemos adelantarnos pero, para que no sufra, le voy a adelantar lo que pasó aquella noche: aquel endemoniado ordenador que dirigía el maldito hotel se volvió loco. Sí, no me mire así, lo crea o no, el puñetero ordenador mató a todos sus clientes y, si pude salvarme, fue por una razón muy sencilla. Él no tenía previsto en su maldita memoria que soy de pueblo y que tengo más palos dados que el burro del tío Cipriano.

Pero no corramos. Le estaba diciendo que, nada más tenderme en la cama, me quedé dormido viendo aquel idiota concurso en la tele. No sé con exactitud cuánto tiempo estuve durmiendo, vestido tal y como me había tirado en la cama, sólo puedo decirle que, de pronto, me desperté sobresaltado. Al principio no supe el motivo, pero pronto volví a oír el aullido desgarrador que me había despertado. Sentí un escalofrío por todo el cuerpo. Me levanté de la cama y me acerqué un poco a la puerta intentando averiguar su origen. Entreabrí la puerta. Un poco más allá se había formado un grupito de clientes que hablaban entre ellos delante de la puerta de donde parecían haber salido los gritos. ¿Conoce la doctora la matanza de cochinos en el día de San Antón? Me gustaría invitarle un año a mi pueblo, es uno de los días más grandes: una verdadera fiesta. Todo el mundo se divierte, bueno, no todos, supongo que el cochino preferiría no estar presente. No sé por qué, pero aquellos alaridos me recordaron las matanzas de cerdos en mi pueblo.

En el grupo no dejaba de hablarse en susurros. Entre todos ellos destacaba un individuo gigantesco vestido con una camiseta y unas calzonas de baloncesto. Por su pinta imaginé que debía de ser holandés o alemán. Tenía el pelo largo y rubio y unos brazos enormes repletos de tatuajes. Pensé que sería el conductor del otro camión que había visto en el aparcamiento. El grito había ido descendiendo en intensidad convirtiéndose paulatinamente en un amargo lamento. Fue el momento que eligió el alemán para apartar con autoridad a la gente y arremeter contra la puerta dándole un tremendo patadón. Vimos cómo temblaba violentamente pero sin llegar a abrirse. Tras un momento de vacilación el gigante volvió a la carga utilizando esta vez todo su cuerpo. La puerta terminó cediendo.

El camionero entró decidido en la habitación. Para entonces yo ya había abandonado la mía y me había situado detrás del grupo de curiosos. Alargué la cabeza y vi cómo el alemán abría la puerta del baño y quedaba envuelto en una inmensa humareda que salía de su interior. Dando manotazos al aire entró dentro. Oímos cómo forcejeaba y golpeaba la mampara de cristal que protegía la ducha, dio unas voces y creí entender que gritaba diciendo que el cierre estaba atascado y no cedía. Hubo un silencio y después el chasquido de unos cristales rotos. Al poco, el gigante salía dando traspiés y reculando hasta golpearse con la pared mientras se llevaba una mano a la boca. Se había cortado con los cristales y su brazo derecho era una enorme mancha roja. Giró en nuestra dirección y salió a galope de aquella habitación, sin decirnos palabra y casi sin darnos tiempo a apartarnos ante aquel vendaval que se nos venía encima. Aprovechando el hueco producido, el viejito que estaba delante de mí hizo ademán de entrar en la habitación pero su mujer le agarró bruscamente. "No, no entres", le dijo con tono autoritario.

Sin darme cuenta me había quedado en la primera fila frente a la puerta abierta. Ya no salían gritos ni lamentos de la habitación, sólo el ruido de lo que parecía la ducha abierta. Miré a mi derecha: la pareja de ancianos discutía en voz baja entre sí, a su lado, un tipo con aspecto árabe husmeaba el vapor que salía de la habitación y, un poco más allá, el camionero apoyado en la pared del pasillo se refregaba la mano herida por la camiseta que había abandonado su primitivo color blanco cambiando al rojo intenso. A mi izquierda vi una mujer con una niña en brazos, mientras que su marido, situado junto a ella, me miraba fijamente.

Entendí el mensaje, así que respiré hondo y entré en aquella habitación. Nada más traspasar el umbral de la puerta oí con más intensidad el ruido del agua que corría en el cuarto de baño. Intenté mirar qué había dentro, pero la densa humareda me impedía ver con claridad. El agua de la ducha seguía saliendo con fuerza, cogí una toalla que adiviné sobre el lavabo y metí la mano para cerrar el grifo. No pude evitar dar un grito cuando sentí el agua hirviendo cayendo sobre mi brazo. Fue en ese momento cuando tropecé con el cuerpo de un hombre desplomado en la ducha. Retrocedía ante el calor asfixiante haciendo crujir los cristales rotos que había esparcidos por el suelo.

Desde el exterior, mientras iba disipándose el vapor acumulado, pude ver aquella dantesca escena con más claridad. Se trataba, efectivamente, de un hombre que había ido resbalando hasta quedar sentado en el suelo de la ducha hecho un amasijo. Estaba tan absorto mirándolo que pegué un respingo cuando oí que alguien me hablaba desde el pasillo. Era el marido de la mujer con la niña en brazos. Me preguntaba qué había dentro del cuarto de baño.

—No sabría decirlo con seguridad, pero a mí me parece que este hombre está muerto y bien muerto. Habrá que esperar un rato para poder acercarse, todo está muy caliente y lleno de vaho. No sé... pero yo diría que ha tomado una ducha demasiado caliente.

—No creo que haya muerto por tomar una ducha —dijo la viejita.

—Mire, no soy un experto, pero sí puedo asegurarle que este hombre está muerto. Si no lo cree puede acercarse y comprobarlo usted misma.

La vieja se aferró aún más a su marido y dio un paso atrás.

Sí, doctora, ese fue el primer fiambre de la noche. Una mampara de cristal que no se atina a abrir, agua demasiado caliente, un espacio muy reducido, un grifo que se atasca y ¡zas! Un corazón que se encabrita y termina explotando. Me imagino que, por tu profesión, no te impresionaría si te contara en qué situación se encontraba aquel cadáver, pero va a permitirme que evite recordarlo.

A partir de ese momento todo empezó a suceder con mucha rapidez. ¿No ha jugado de niña a poner las fichas de dominó una detrás de otra y después empujar la primera para ver cómo van cayendo todas? De repente, el alemán empezó a dar voces y a golpear todo lo que tenía cerca: una puerta, un cuadro, las paredes. Cualquier cosa. Se notaba que estaba irritado. De lo que mascullaba a voces no puedo darte noticias porque de idioma no paso del *bitte, danke schen y fürher*. Lo que sí puedo asegurarle es que era un tamaño de individuo al que no conviene contradecir, cada uno de sus brazos era más o menos de la anchura de tus hombros, y si nos subiéramos uno encima del otro, quizás le llegáramos a la barbilla.

Vimos cómo se dirigía por el pasillo hacia la recepción, dejando, a su paso, un impresionante reguero de sangre. Allí, lógicamente, no había nadie a quien presentarle una reclamación. Esos hoteles de 195 francos tienen una estricta política de ahorro de gastos, así que por la noche sólo está despierto el ordenador central y alguna parejita de clientes haciendo sus tareas. Nuestro grupito perdió su solidez: el padre de la niña y yo seguimos lentamente al alemán mientras que el resto se quedó allí delante de la puerta del escaldado.

Lo que le pasó a aquel pobre sujeto sucedió justo cuando terminábamos de recorrer el pasillo y estábamos a punto de acceder al recibidor del hotel. En ese momento el alemán golpeó con sus manazas los cristales de la puerta de salida que permanecía cerrada a cal y canto y le dio un violento puntapié. Estaba pensando cómo podría recordarle que la única forma de utilizar esa salida era tecleando la clave en la terminal del ordenador que había colgado a un lado, pero juro que no me dio tiempo a pensar mucho. Vimos que aquella mole cogía con decisión las asas metálicas de la puerta; observamos cómo quedaba bruscamente paralizado durante unas décimas de segundo para entrar a continuación en unas violentísimas convulsiones mientras soltaba un aullido que taladró mis oídos y mi cerebro.

Un extraño olor dulzón y desagradable invadió la estancia y, en seguida, adiviné el origen: estaban electrocutando a aquel individuo delante de mis narices.

Quise lanzarme hacia él pero sentí que unos brazos me rodeaban por detrás y me dejaban inmovilizado. *No lo toque, moriría de inmediato usted también*, gritaron a mi espalda. Doctora todo sucedió en ¿tres, cuatro segundos? No podría decirlo pero, en todo caso, en un santiamén que pareció durar una vida. De repente, la luz eléctrica desapareció y quedamos en total oscuridad. Aquel grito también se perdió y, en su lugar, quedó un fuerte olor a chamusquina que prefiero no recordar, pero que se parecía bastante al de las chuletas cuando se olvida retirarlas de la barbacoa. Pasado un momento nos acostumbramos a la oscuridad y, ayudados por la débil luz que venía de los focos del exterior, nos acercamos al cuerpo del hombre que yacía sobre el suelo. Mi acompañante cogió una silla de plástico y lo tocó suavemente.

Mientras, desde el pasillo, iban acercándose voces nerviosas. Una, femenina, preguntaba: *Cariño, ¿qué ha pasado? Contesta, estoy muy asustada.* Otra vez el grupo esta reunido y, de nuevo, alrededor de un cadáver. Habíamos pasado de la paralizante sorpresa inicial a un estado de total excitación: todos queríamos hacer algo pero parecía que a nadie se le ocurría nada. En aquel reducido espacio, en total oscuridad, nos gritábamos unos a otros sin dejar de girar en torno a nosotros mismos. Nos veíamos en una ratonera esperando al gato. De repente, tuve la intuición de que aquello no iba a acabar allí y maldije el momento en que se me ocurrió pararme en ese maldito hotel.

El padre de la pequeña se dirigió al teléfono, lo descolgó y se llevó el auricular al oído para terminar anunciándonos con voz quebrada que tampoco funcionaba. Estábamos encerrados en una fría noche de invierno, sin conexión con el exterior y con varios cadáveres a nuestro alrededor. Así debió deducirlo también el corazón de la viejita porque ésta se llevó la mano al pecho y le dijo a su marido con voz convulsiva: *Las pastillas, por favor, necesito las pastillas. Vamos a la habitación*, le contestó su marido mientras la abrazaba suavemente por la cintura y la dirigía al pasillo.

Los cinco restantes clientes nos quedamos allí en recepción sin tener puñetera idea de lo que podíamos hacer para salir de aquella trampa de 195 francos y dos muertos. Me quedé mirando a la niña. Le calculé cuatro o cinco años, llevaba colgada de la mano una muñeca y con la otra asía fuertemente la de su madre. El marido se dirigió a su mujer: *Cariño, deberías llevarte la niña a la habitación. Éste no es un espectáculo muy agradable. Me da miedo esta oscuridad.* Le contestó ella. El pasillo estaba suavemente iluminado por las luces de emergencia. Él insistió: *Yo iré enseguida, deja abierta la puerta.* Tras unos momentos de indecisión, madre e hija se marcharon por el pasillo. Me dio pena ver a la niña arrastrando sus pies y su muñeca.

—Tenemos que salir de aquí como sea —nos dijo el padre cuando nos quedamos el árabe, él y yo.

—Intentemos salir por una ventana —escuchamos por primera vez la voz del árabe.

Buena idea, pardiez, se me podía haber ocurrido a mí. Los tres nos dirigimos a la que teníamos más cerca. Deberíamos haberlo supuesto: el picaporte no cedió lo más mínimo. Hicimos el mismo intento con todas las que encontramos. Nada, no había forma de abrirlas, estaban bloqueadas. El árabe sugirió entonces romper los cristales. Buscamos a nuestro alrededor algo contundente con lo que golpear los cristales. No teníamos mucho donde escoger, el mobiliario se reducía a un par de mesas y tres o cuatro sillas de plástico. También había una máquina de bebidas refrescantes y otra de bebidas calientes. Poca cosa más. Golpeamos aquellos cristales con todo lo que encontramos a mano pero no conseguimos hacerles más que algunos arañazos.

—Es inútil, son cristales irrompibles —dijo el árabe.

—Tranquilos, paremos un momento y pensemos. Tiene que haber una solución racional para salir de esta trampa —dijo el padre de la niña.

—Será bueno que la encontremos porque me estoy poniendo muy nervioso —recuerdo haberle dicho.

Doctora, fue como mentar la bicha. Un segundo después oímos una voz desde el fondo del pasillo.

—Cariño, ven enseguida. Hay un olor muy raro por aquí.

Nos dirigimos en tropel por aquel pasillo a medio oscuras. Nos pusimos a olisquear como perros de caza. No hicieron falta muchas averiguaciones: por debajo de una de las puertas estaba saliendo un tenue humo de color blanquecino. Incrédulos nos miramos unos a otros y terminamos pensando lo mismo: los viejos. Nos habíamos olvidado de aquella pareja de ancianos que habían entrado en su habitación para recoger las pastillas. Pensé en ellos y, sospechando que podían ser los que siguieron al de la ducha y al electrocutado, me cabreé, verdaderamente cabreado, doctora. Me dirigí con decisión hacia aquella puerta pero el padre de la niña, que olisqueaba como un sabueso, puso una mano encima de la mía.

—Ni se le ocurra entrar —me dijo con voz autoritaria.

Le miré con intención de mandarlo directamente a la mierda pero él señaló la tenue columna de humo que salía por debajo de la puerta.

—Eso es halón, un producto que se usa como apagafuegos y es altamente tóxico. Ha debido de saltar un *sprinkler* del interior de la habitación y los viejos deben de estar ya muertos. Si abre la puerta, nosotros también tendremos problemas —soltó el rollo científico de una tirada, se notaba que el tipo sabía de eso, pero yo estaba demasiado cabreado para admirar su sabiduría.

—¿Y, puede saberse, cómo está tan seguro?

—Soy técnico informático. El halón se usa casi exclusivamente para extinguir fuegos en equipos informáticos y electrónicos. No me explicó cómo puede estar conectado en la habitación de un hotel, aunque no debería extrañarme, ya están ocurriendo aquí demasiadas cosas inexplicables.

—Pues muy bien. Si sabe tanto de estos aparatejos, ¿no podría hacer algo para sacarnos de aquí de una puta vez? Está claro que si no salimos pronto de aquí vamos a terminar todos muertos —creo que me atreví a decir en voz alta lo que todos estaban pensando en ese momento: algo o alguien había decidido liquidarnos a todos esa noche.

Yo sé, doctora, que esos policías, amigos suyos, me consideran el único sospechoso de todas esas muertes, pero yo le diré quién mató a esos desgraciados. La clave de todo me la regaló aquel individuo en ese momento en el que mirábamos aquella puerta detrás de la que había dos muertos más que añadir a la lista. El padre de la niña se apoyó en la pared y cerró los ojos. La mujer debía de conocerle bien, se le acercó y le puso sus manos en el pecho.

—Cariño, ¿quién quiere matarnos?

Se hizo un silencio incómodo. El hombre la miró desolado.

—¿Y la niña?

—Se ha quedado dormida pero, por favor, contéstame.

—¿Recuerdas cuándo llegamos esta tarde al hotel? Había que teclear un nombre para que el ordenador te diera una clave de entrada. Le dijimos a la nena que escribiera su nombre. Kim, debió escribir, ¿verdad?

Nos quedamos todos esperando a que continuara.

—Se equivocó. No escribió Kim sino *kill*. *Matar* en inglés. Ese maldito ordenador que rige todo el hotel está cumpliendo la orden que le hemos dado y nos quiere matar a todos.

Debo confesarle que me pareció un disparate, cosa de película, una explicación absurda de un tío pirado que está todo el día jugando con los ordenadores. Pero al árabe, que había dejado de golpear los cristales y de intentar abrir las ventanas, debió de parecerle una revelación divina porque, de repente, se volvió y, sin decir palabra, se lanzó a la carrera hacia el final del pasillo. Allí había una puerta de salida de emergencia y, justo a su lado, uno de esos cuadros contra incendios que tienen una manguera y otros cachivaches. Lo golpeó violentamente con el puño cerrado. En la penumbra creímos ver que cogía algún mazo o hacha y empezaba a golpear con violencia aquella puerta de cristal.

Era imposible adivinar que el fin de fiesta estaba acercándose a toda prisa. Aquel hombre debió de escuchar o sentir algo porque, bruscamente, dejó de golpear la puerta y se quedó como una estatua mirando a su derecha. Oímos un silencio espeso, un rugido creciente y, de golpe, una violenta explosión. Vimos cómo, de la última puerta del pasillo, situada junto a él, surgió una intensa llamarada. Una vez vi cómo un camión cargado de bombonas de gas derrapaba en una autopista y terminaba cayendo por un terraplén, así que no tardé en deducir que en aquel cuarto debía de haber algún almacén o conducción importante de gas para el agua caliente y la calefacción del hotel.

No me dio tiempo a adivinar qué había pasado con el pobre árabe. Una bola de fuego había aparecido al fondo del pasillo. Supe en seguida que se iba a dirigir al galope hacia nosotros. Oí el grito desesperado de la mujer: la niña, por Dios, la niña. Tuve tiempo para ver cómo los dos se dirigían apresuradamente hacia su habitación. Supongo que el fuego pillaría a aquellos infelices dentro del cuarto mientras intentaban recoger a su hija. Para entonces, yo ya corría hacia el extremo opuesto del pasillo mientras me perseguían las llamaradas, el fragor de cristales rotos, el humo, el calor y una intensa luz. Lo que antes era oscuridad se había convertido, de pronto, en una fiesta de luces. Llegué jadeando a la recepción y allí se me encendió una luz en el cerebro, me volví y cerré las dos hojas de la puerta que comunicaba con las habitaciones. Dudé un momento, pensando que el matrimonio con la niña podía venir detrás de mí, pero el pasillo era ya un infierno de humo y de llamas.

Supongo que, cuando mañana le cuente todo esto, doctora, estará pálida como la nieve. Tratará de disimular para conservar la imagen de profesional experimentada en el manejo de muchos dramas humanos y me preguntará: *¿y tú, Pedro, cómo pudiste salvarte?* No piense que es producto de la casualidad que haya sido, precisamente yo, el único superviviente. Yo era el único que pasaba aquellos eternos veranos de mi infancia en el pueblo y estoy preparado para superar toda clase de dificultades. Ésa es la única razón por la que fui capaz de librarme de ese ordenador asesino. Simplemente le hice trampa y monté una artimaña que Él no tenía calculada en sus circuitos internos.

Sentía el calor aumentando detrás de aquella puerta; oía el escándalo del estallido de los cristales y el crujido de los muebles quemándose; veía ya el humo empezando a cruzar por debajo de aquella puerta. Pensé que las llamaradas se verían desde el exterior. Alguien llamaría a los bomberos. Vendrían pronto. Necesitaba unos minutos. Un sitio donde refugiarme hasta que llegaran para sacarme de ese infierno.

Fue, entonces, cuando la vi. Aquella máquina de refrescos no estaba encendida pero aún podía sentirse el frescor de su interior. Golpeé con fuerza la cerradura que colgaba en un lateral y logré abrirla. De su interior, surgió una ola de frío intenso. Gracias a Dios, y a la mucha hambre pasada en mi infancia, soy, como puede ver, bastante bajito y delgado. No me pregunte cómo, pero, en cuestión de segundos, había sacado casi todas las latas de refresco que había en su interior y había logrado introducirme dentro de aquella bendita máquina.

Tampoco sé el tiempo que estuve allí, sintiendo cómo me envolvían las llamas, pero, al final, pude oír el aullido de las sirenas de los camiones de los bomberos, el escándalo que montaron para entrar en el hotel y la alegría inmensa de verlos y de sentir, de nuevo, aire puro en mis pulmones. Ellos, y todo lo que aprendí en el pueblo para sobrevivir, me salvaron, y ahora puedo estar aquí admirando, *ma chère doctoresse*, sus hermosos ojos azules y sus labios de fresón.

Pero, no les dejé que me tocaran. Muy amables, muy educados, pero juré que no me pondrían un dedo encima. Aprovechando un descuido, volví a subirme en mi camión, desenganché la cabina, arranqué y salí a toda marcha. Me dolían todos los huesos, sentía el calor del fuego aún en mi cara y el insoportable quejido de las llamas en mis oídos, pero tenía más claro que nunca adónde dirigirme.

En mi mente sólo tenía la imagen del Parador de Hondarribia. Ya le dije que tengo un folleto en la guantera de mi camión. Otros tienen a Noemí Campbell o a Marilyn Monroe. Mi sueño ha sido siempre dormir en un parador nacional: un castillo medieval, un convento del año catapum, en fin, algo de gloria.

Por eso no paré ni un momento, por eso crucé la frontera, aparqué el camión ahí, en la misma puerta para desgracia del director y pedí, con la decisión del que se ha salvado del infierno y quiere pasar al cielo, una habitación con cama de matrimonio.

Le juro que ya nadie podrá sacarme de aquí.

La Rebelión de la Princesa

Gema Fernández Esteban

—Mañana no me caso.

Una frase sin nada de particular, sin la más mínima repercusión, si no fuera porque hay 202 personas dispuestas a afirmar lo contrario. ¡Qué bonito Sigüenza!, ¡qué romántico el Parador! Como recién salida del túnel del tiempo, respiro pasado, huelo a otras épocas,... ¿qué cojones pinto yo en Sigüenza?

Siento mi estómago abrazado a mis pulmones, siento mi corazón disfrazado, como si con él no fuera la cosa, mientras mi alma no deja de escupirle dudas al cerebro.

—No quiero casarme. Tengo que llamar al servicio de habitaciones para que repongan el suministro de alcohol del minibar. La tensión, los nervios de la boda; me he tomado unas copas, ¿qué tiene de raro? Nada. No tendría nada de particular si no fuera porque yo no bebo, hace siglos que no me tomo una copa, siempre he odiado el estado que provoca: la falsa euforia, las palabras anudándose en la boca, la sensación flotante de un cuerpo de movimientos torpes.

El teléfono.

—María ¿qué tal? ¿Ha llegado ya Marta? ¿Lo estás pasando bien? Pásamela que le voy a decir que te cuide.

—Ahora no te la puedo pasar, está en la ducha. Vamos a salir por ahí. A mí sólo me apetece descansar, pero como esto es tan bonito y hacía tanto que no nos veíamos, se ha empeñado en que salgamos... espera un momento que no sé lo que me está diciendo.

Dejo el auricular sobre la cama, corro al baño, abro la ducha, salgo, enciendo la tele y elevo mi voz sobre el ya de por sí alto volumen televisivo.

—¿Qué dices?, ¿que no hay acondicionador? Mira en la cesta del lavabo, ¿llegas?

Regreso al teléfono.

—Que no encontraba el acondicionador.

—Ya lo he oído, menudo peligro tenéis. Divertíos, pero recuerda que no te está permitido hablar, ni tocar, ni chupar a ningún individuo del sexo contrario. Repítemelo.

—No me está permitido hablar, tocar, ni chupar a ningún individuo del sexo contrario.

—Y no os acostéis muy tarde que ya sabes el pifostio que tenemos mañana.

—¡Qué romántico! ¡"El pifostio"! "Sí papá". ¿Tú vas a salir?

—Creo que no, tengo que cerrar unos temas en el trabajo y después me iré directo a casa. ¿Está todo preparado para mañana? ¿Te has asegurado?

—"Sí papá", sincronicemos los relojes.

—Déjate de coñas, por fin te has salido con la tuya y has conseguido que me case contigo. Prométeme que te vas a portar bien.

Una última patada en el alma. ¡Bravo! ¡Qué alegría, qué alborozo!, por fin he conseguido que se case conmigo...! Una arcada me sube desde la punta de los dedos de los pies.

—Te lo prometo.

—Hasta mañana. Te quiero mil.

—Yo, dos mil.

En realidad, nada ha sonado especialmente raro. Me caso mañana. He venido un día antes para ultimar los detalles y disfrutar mi último día de soltera con mi mejor amiga Marta. Todos los demás llegarán mañana por la mañana.

Todo normal, si no fuera porque Marta no está, ni va a volver a estar; y porque los "te quiero" de mi novio me saben a berro cocido.

A pesar de mi incursión en el minibar, aún estoy lo suficientemente sobria. Tengo que remediarlo. Vuelvo a coger el teléfono y pido que me suban una botella de Jack Daniell's.

Hoy es el día más preferido de todos los días de mi vida. Cumplo 30 años y mamá ha vuelto a realizar uno de mis sueños, ¡y éste sí que es especial! Estamos pasando el fin de semana en un castillo, pero un castillo de-los-de-verdad.

Espera que me acuerde, jope, si se lo he preguntado mil veces. Castillo, castillo,... ya está, Castillo Alcazaba de los obispos de Sigüenza.

—Mamaá, ¿qué es una alcazaba?

—Como un palacio Juan.

Me gusta que me llame Juan, Juan Andrés Caballero Espada, ése es mi nombre. Pero casi todos me llaman Juanín y mira que me repatea, como si fuera idiota, aunque sé que lo soy un poco. A mí me gustaría que todos me llamaran Juan, como siempre me ha llamado mi madre.

Mamá dice que tengo un problema, por eso me hago lío con las palabras y pienso más despacio. Cuando está de buen humor, me cuenta que en realidad soy más listo que los demás porque no quiero crecer, y cuando te haces mayor pierdes la felicidad por el camino... Mi padre dice que la perdió al nacer yo, pero mamá dice que no es por mí, que fue porque ese día se hizo mayor. Tampoco ha venido este fin de semana con nosotros, "porque tenía mucho trabajo", pero yo sé que no es verdad porque le oigo discutir con mi madre, y dice que no quiere pasar por la vida paseando a un retrasado, y llora. Me llama retrasado muchas veces, mamá dice que es con cariño. Yo no soy tan tonto como piensan y sé que no es verdad, pero la engaño porque ella me quiere por los dos, qué digo por los dos, por los mil soldados a pie y los 365 a caballo que cabían en los buenos tiempos del castillo, ¡chúpate esa!, para que luego digan que se me olvidan las cosas que me cuentan y encima con números.

Cuando íbamos llegando estaba anocheciendo y yo me venía quedando dormido, pero mamá me había avisado:

—Mira Juan, mira el castillo que parece dibujado sobre el cielo.

He abierto los ojos, y vaya si me he espabilado, allá arribotas, he visto el castillo. Tan altote que seguro que se tiene que ver hasta el mar, qué digo el mar, hasta detrás del mar, hasta, hasta América, lo menos. Seguro que si se fija uno bien puede ver hasta los indios, aunque mamá se rio ante la idea. Como vi que estaba de buen humor baje la ventanilla y grité:

—¡Ah del castillo! ¡Qué llega sir Juan! ¡Bajad el puente levadizo!

Y me dejó gritarlo cuatro veces, bueno, en realidad tres, después me regañó, yo lo volví a gritar y ella me dio un capón, pero flojito de los de no estar enfadada del todo.

Las calles por donde pasamos son muy bonitas, mamá dice que parece que es como si hubiéramos viajado al pasado, que parece que la vida de verdad quede muy lejos; yo no la entiendo muy bien pero sus ojos brillan y eso me gusta. Quiero parar y bajar del coche a mirar más despacio los sitios, pero mamá no me deja, que ya es muy de noche, que mañana. Así que vamos directos al castillo. Dentro, una rabia, porque la gente va vestida normal, y no pegan ni con cola. Si fuera mío obligaría a todos a que se disfrazaran de antiguos.

Nos han dado una habitación enorme, bonita que te cagas, aunque mamá no me deja decir que te cagas, pero es que si no, no hay forma de explicar lo bonita que es. Pongo la tele y no me lo puedo creer: están echando una película de castillos y caballeros, y de armaduras,...

—Es Excalibur —dice mamá— parece cosa de magia. Mira Juan, ¿a que parece que esta habitación forma parte de una película?

Tiene razón, pero a mí me sigue molestando lo de la ropa.

—Sí pero mira nuestra ropa, ¡No pegamos! ¡vaya una mierda!, si este castillo fuera mío, obligaría...

—¡Tengo una idea! —dice mamá, y además de no regañarme por decir mierda la idea resulta ser genial.

Quita las cortinas y la colcha y me pregunta:

—¿Cuál os pedís sir Juan?

Yo me pido la colcha, porque me gusta mucho que me llame sir Juan, pero no sé qué hacer con ella. Entonces mi madre se pone las cortinas por encima, le hace unos arrebujamientos y parece un vestido como los de la película. Qué emoción. Yo también quiero ser como los de la peli, me pongo la colcha por encima, y vale, mamá me ayuda un poco porque no me salen bien, y al poco tiempo, ahí estamos los dos como, como...

—¿Y ahora quiénes somos?

—Vos sois el caballero sir Juan, y soy vuestra joven y bella madre, doña María. Vuestro padre partió a luchar contra los moros y murió en la batalla, pero ahora ya hay paz...

—Como el Guerrero del Antifaz.

—Sí, como el Guerrero del Antifaz. Y nosotros dos hemos emprendido viaje para buscar una princesa que se case con vos, y así vivir felices en un castillo como éste,... cazando, cuidando a los súbditos.

—¿A los qué?

—A vuestro pueblo, a los más pobres...

Es el juego más divertido de toda mi vida. Vemos la película entera, mientras nosotros la vivimos a la vez, jugando a que estamos dentro de ella.

Menos mal que no me deja pedirme a Ginebra para casarme con ella. A lo primero hasta me enfado un poco, porque quiero ser Arturo.

—Tonto, no te vayas con Ginebra que no es para casarse.

—¿Por qué?

—Porque es un zorrón.

—¿Zorrón? Pero si es muy guapa.

—Pero eso no basta.

—Vale, lista, ¿pues a quién me pido entonces?

—Te la puedes pedir, pero no te cases con ella, y también te pides ser Lancerot.

—Pero yo quiero ser Arturo.

—Hazme caso.

Menos mal que la he hecho caso. Lancerot mola más, sin embargo Arturo el pobre... más tonto.

Es todo tan divertido que cuando acaba la película, y mira que es tarde, tarde de muy de noche, seguimos jugando, aunque cada uno desde su cama. Todo está en silencio, pero de vez en cuando se oye algún ruidito, yo me pregunto que qué es y mamá me contesta con historias bonitas.

Oímos unos sonidos metálicos avanzar por el pasillo, como crac, cric, crac... y mamá me cuenta que es un caballero con armadura que acaba su vigilancia en la torre, y va a buscar otro caballero para que le releve.

—Corre, tápate con la sábana, no hagas ruido, que si llama en esta habitación él se queda con tu cama, y tú te tienes que ir a la torre a pasar frío, y no podemos seguir jugando.

—Por un lado me gustaría vigilar en la torre, yo no soy ningún cobarde, pero me lo estoy pasando tan bien... Además no voy a dejar a mamá sola con un desconocido, tengo que protegerla.

El caballero llama unas puertas más allá. ¡Puffff! Suelto aire y me destapo la cabeza. Al momento el sonido metálico regresa al pasillo, aunque esta vez el cric-crac se oye más bajito.

—Es que este caballero es más delgado y pesa menos.

Pienso en Marta; habíamos quedado, ya tenía que estar aquí cuando yo llegara,... pero no estaba. La llamé. Que le había dado pereza venir. ¡Pereza! Ni la molestia de inventarse una buena excusa. Marta me colgó. Mientras intentaba digerirlo, con el mismo esfuerzo de estarme tragando la armadura del pasillo, Marta me colgó. Y si eres idiota, vuelve a por otra, yo volví a llamar. Que la deje en paz que ya la he hecho bastante daño.

—¿Daño?

Precisamente hoy, un mal momento para desatascar el retrete en el que por lo visto se ha estado convirtiendo nuestra relación desde hace años.

—¿Años?

Que no le diga que ni siquiera me había dado cuenta.

—Ni siquiera me he dado cuenta.

Encima de la cama tengo mi traje de novia, mi bonito y mi caro traje de novia, de diseño medieval, para no desentonar entre estos muros. Me lo pongo. Tengo mala cara por las lágrimas. Me pinto en el cuarto de baño, mientras las malditas lágrimas, ahora vestidas de negro por el rimel, no dejan de resbalarme por las mejillas.

No tiene nada de raro que una novia se pruebe una vez más su vestido, si no fuera porque lo está manchando con sus lágrimas negras. Apenas me doy cuenta, ocupada en ir vaciando la botella de whisky en mi garganta y en intentar mantener quieta una habitación que gira más deprisa.

Cada vez tengo más calor. Abro la puerta de la habitación y una bocanada de aire me da en plena cara espantándome el mareo y el llanto. Me hace sentir bien. El pasillo me atrae, me coloco en el centro y camino muy despacio intentando trazar una línea imaginaria por mitad de la alfombra. Llevo la botella y la llave de la habitación, las agarro con fuerza, con las dos manos, y las aprieto contra el corazón. Concentrarme para mantener el equilibrio me hace sentir bien. Si mientras paseo por los pasillos no me ve nadie mañana me caso, si me ve alguien no me caso. Me siento mierda.

Las campanas suenan de vez en cuando. Estoy quedándome dormido cuando vuelvo a oír ruidos fuera. Mamá parece estar dormida, así que como los caballeros deben ser valientes, me levanto, voy de puntillas hasta la puerta y la abro muy despacio.

No me puedo creer lo que estoy viendo, esto va más allá de cualquier juego. Me doy tres capones en la frente para saber si estoy soñando, claro que también puedo estar soñando que me doy tres capones, ¡qué tontería de demostración! Además da lo mismo, el caso es que estoy en un castillo encantado viendo a la princesa más bonita del mundo avanzar por el pasillo.

—Mamá, corre, ven, es una princesa. Corre, corre, es una princesa de las de verdad.

Claro que está de espaldas y no puedo verla la cara, pero con ese vestido tiene que ser guapa a la fuerza.

Mi madre viene enfadada hacia la puerta, me coge del brazo con fuerza mientras me preparo para lo peor, pero al asomarse al pasillo y ver a la princesa se queda pasmada.

—Ésta sí que es una noche mágica. Sir Juan, no os quejaréis de no cumplir con creces vuestro sueño de cumpleaños —me susurra mamá al oído para no despertarnos del sueño—. De pronto la princesa cae al suelo, dándonos un susto de muerte. Corremos hacia ella.

—Ayúdame a levantarla Juan.

Mientras la levantamos puedo ver que es muy guapa, aunque tiene la cara y el vestido llenos de churretes negros y huele a alcohol que apesta.

—Coge la llave del suelo, vamos a llevarla a su habitación.

—¿Qué le pasa mamá? ¿No está muerta, verdad?, ¿verdad que no está muerta?

—No, Juan. Lo que pasa es que las princesas se desmayan. ¿No te acuerdas de los cuentos?

—¡Menos mal! ¡Qué guapa que es! ¿Me la puedo pedir? —pregunto sabiendo que no va a poder ser.

—No va poder ser Juan —lo sabía.

Llegamos a su habitación, y mamá me manda volver a la nuestra a dormir.

—Yo tengo que acostar a la princesa, y un caballero no puede ver desnuda a una dama.

—Lo del caballero vale, me voy, pero ¿a dormir? ¿Cómo me voy a dormir?

—Venga Juan, vete, acuéstate y juega a traerte a la cabeza todas las cosas que te gustan, pero no traigas esta vez princesas, ni caballeros, ni castillos,...

Cuando es la hora de dormir pero no estoy demasiado nervioso, mamá me obliga a pensar en cosas que me gustan, dice que así en caso de soñar, vendrán los sueños bonitos. Lo malo es que está prohibido pensar en las cosas que me han puesto nervioso. No me apetece nada pensar en otra cosa que no sea la princesa, pero mamá tiene razón, allá voy:

Me gustan las piscinas con tobogán para tirarme, repetir postre sobre todo si hay arroz con leche, las canciones de ABBA, saltar en los charcos, jugar a que soy Batman, meterme muchos chicles en la boca y hacer pompas *gigantes; aunque no me gustó nada aquella vez que se me quedó pegado el chicle a todo el pelo y me lo tuvo que quitar mamá a tirones, me gusta tirar petardos, los trenes, los aviones, las excavadoras, sí, sobre todo las excavadoras, me gustan las cosas amarillas, darles de comer cacahuetes a las ardillas del Retiro, me gusta tocarme mi cosa, auque a mamá no le gusta que lo haga, pero ahora no está...*

Oigo una puerta abrirse muy despacito a mi espalda, y una voz gritando, pero muy bajito:

—Mamá, corre, ven, es una princesa de las de verdad.

No me quiero girar para no romper el encanto. Cierro los ojos como si el hacerlo formase parte de un conjuro que me convertirá en princesa,...

Estoy en la cámara real del torreón central, un calendario de Coca-Cola me informa de que estamos en el mil trescientos, desaparece sin darme tiempo a leer las últimas cifras, mientras recuerdo que aún no han sido inventados los calendarios ni la Coca-Cola. La luz de las velas llena la cámara de temblorosas luces y sombras, dotándola de un aspecto triste y fantasmagórico, a juego con mi perpetuo estado de ánimo repleto de temor y lágrimas. Nací princesa, un privilegio, si no fuera porque ¿de qué sirve nacer princesa si no soy libre?, ¿para qué estar viva si soy una pieza de ajedrez?, ¡más valdría ser de madera! Soy Blanca de Borbón, reina de Castilla, repudiada por mi esposo Pedro I *El Cruel*, al día siguiente de mi boda. No me negaréis que el mote le va que ni al pelo. Ser reina para poder enloquecer en una celda en la que me mantienen recluida, eso sí, una celda decorada con lacería de ritmo mudéjar, en el bonito castillo de la hermosa Sigüenza. Reina para disponer de toda la eternidad en la que sustituir el miedo por los desvaríos, por los delirios de otro tiempo donde las mujeres son libres, libres para escapar de los hombres crueles, libres para caminar fuera de los muros, libres para soñar e imaginar sin ser bautizadas dementes, libres, libres...

El ruido del teléfono me trae de vuelta a una resacosa y soleada mañana del siglo XX, que para más detalles es la mañana de mi boda. No recuerdo cómo cuernos he llegado a la cama, pero me tranquiliza ver el vestido perfectamente colocado en su percha. Me lanzo hacia el espejo y me enfrento a mi cara sin resto de maquillaje... no me cabe la menor duda de haber sido ayudada por alguien. Busco a mi alrededor con movimientos lentos para intentar evitar el estruendo rebotar de mi cerebro contra las paredes de mi cráneo, y descubro un papel en el suelo que parece haber sido deslizado por debajo de la puerta:

Ayer te caíste en el pasillo. Te llevamos de vuelta a tu habitación, te desvestí, te lavé la cara y te limpié las lágrimas del vestido. Pese a no parecer encontrarte en tu mejor momento, mi hijo opina que eres una princesa. Espero que, pese a la borrachera de ayer, te sigan funcionando las marchas, tanto hacia delante como hacia atrás; y, hagas lo que hagas, que seas lo más feliz posible. María y Juan.
P.D. Tú y tu vestido encajáis muy bien en el Parador, durante unos instantes, al verte, nos sentimos transportados a otro siglo.

Me despierto y no puedo creer que sigamos en el castillo. Salimos a pasear por el pueblo, aunque y no quiero ir, mamá dice que nos quedan mil cosas bonitas que ver. Tampoco me ha dejado ir con la colcha, vaya una mierda, tengo que ir vestido normal, eso me hace ir un poco enfadado. Estamos atravesando una plaza enorme, muy bonita, que poco a poco hace que me vaya desenfadando. Entramos en la inmensa y abarrotada Catedral.
—Mira qué bonito Juan, hay una boda, no hagas ruido.
Avanzo despacito por un ladito de la catedral. Hay un señor de piedra tumbado leyendo, mamá dice que es el doncel de Sigüenza y que se llama Martín Vázquez...
— Y, ¿era torero? ¿Qué pinta aquí?
—No era torero. Está aquí porque murió muy joven luchando contra los moros en Granada, era un caballero comendador de la orden de Santiago; su padre trajo aquí sus restos, y como su hermano era obispo, pues aquí le plantaron.
Creo que esto es la felicidad: mamá y yo solos, sin mi padre, viviendo en un castillo y visitando lugares bonitos, ¿cómo podría ser aún más feliz? Busco un deseo para completar este supersueño: "Ver a la princesa una vez más".
Me acerco al altar, desde aquí puedo ver la cara de los novios.
—Mira mamá, es la princesa.
¿Por qué mi padre dice que los sueños no se cumplen? Listo, y ahora, ¿quién es el idiota de los dos?

Un misterio menos. Llamo al servicio de habitaciones para pedir tres cafés solos y algo para la resaca. Doy cuenta de todo ello, y en cuestión de minutos mi cerebro deja de ser bladiblú. Sigo adelante con la boda, sobre todo porque no me siento con fuerzas para nadar contra corriente. Digo lo que se espera que diga y hago lo que se espera que haga, como si en realidad no fuera yo la protagonista de esta obra. Floto. Siento como si me hubiera ido escurriendo hasta llegar aquí. Ya estoy dentro de la Catedral, frente al altar, rodeada, observada, examinada... todo va bien, según lo previsto. Tenemos escrito lo que tenemos que decir, él ya lo ha dicho, ahora me toca a mí, pienso en no casarme, en esperar a alguien para quien sea una princesa, aún no es tarde. Valiente estupidez, sólo tengo que leerlo, seguir adelante, todo marcha bien, si no fuera porque en medio del silencio que me grita que es mi turno, se alza una voz:

—Mira mamá, es la princesa.

El último viaje del Emperador

Carlos José Reyes Posada

Introito

El señor conde de Oropesa, don Fernando Álvarez de Toledo, se vistió aquel día con sus mejores galas, después de ordenar a sus mayordomos y ayudas de cámara que se ocuparan de dar a la servidumbre las instrucciones necesarias para estar a la altura de una ocasión tan solemne: Su Sacra Real Majestad, el Emperador Carlos V de Alemania y I de España había desembarcado hacía algunos días en la Península, y después de visitar a su madre la Reina doña Juana en Tordesillas y de llevar a cabo un acto protocolario en Valladolid, se preparaba para marchar a sus tierras, y era muy posible, que aceptase una invitación para pasar unos días en su propio castillo.

Se trataba de un gran palacio, asentado sobre unas colinas bajas, en las estribaciones de la sierra de Gredos, cuya vista señorial se proyectaba sobre las tierras llanas del campo arañuelo. El magnífico edificio había sido construido en el siglo XIV, en tierras donde aún se mezclaban moros y cristianos en indiscriminada profusión. Su jurisdicción pertenecía a la provincia de Toledo, donde, durante varios siglos, habían convivido judíos, moros y cristianos, en un grado de tolerancia que ya no era posible en los tiempos presentes.

El señor de Oropesa lo sabía muy bien: Su Majestad Carlos V había proseguido la tarea unificadora de sus abuelos, los Reyes Católicos Fernando e Isabel, quienes habían logrado derrotar a Boabdil, el último rey moro de Granada, y habían emprendido una gran cruzada para unificar las distintas provincias y reinos peninsulares bajo la égida del cristianismo. Su nieto Carlos había ido aún más lejos, buscando extender el imperio cristiano por todos sus reinos de Europa, el norte de África y por el Nuevo Mundo, las tierras de Indias que Colón había descubierto a finales del siglo XV y agregado a los dominios de España. Carlos soñaba con un mundo unido a la efigie de la Cruz, con una sola verdad y una sola doctrina. Éste era el ideal supremo que había defendido desde los primeros tiempos de su mandato. En la actualidad, España estaba unificada pero, más allá de sus fronteras, estallaban heréticas reformas, revoluciones y cismas, y nunca dejaba de ser un peligro el avance de las fuerzas musulmanas, cuyo poder se había consolidado tras la toma de Constantinopla y sus avanzadas no dejaban de ocupar posiciones estratégicas en Europa central. En efecto, era claro que el imperio turco intentaba invadir Europa por el norte y el oriente, ya que los adeptos a Mahoma habían sido expulsados por el sur del occidente.

Pero éstos no eran los únicos problemas que había tenido que afrontar el Emperador en más de treinta años de cargar con los pesados fardos del Estado: como si esto fuera poco, los monarcas de Inglaterra y Francia le habían hecho la guerra, rompiendo una y otra vez esa unidad que el Emperador buscaba con tanto apremio. Pero Carlos había sido más astuto que ellos y los había vencido en diversos escenarios, militares o diplomáticos. Incluso había tenido prisionero en sus dominios españoles al propio rey de Francia, Francisco I. Para nadie era un secreto que se trataba del hombre más poderoso del mundo, hasta el punto de haberse enfrentado a varios papas, no porque tuviera dudas sobre los dogmas de la fe o se hallara en ciernes de cometer alguna herejía, sino más bien el contrario, a causa de sentir que los primados de la Iglesia no estaban haciendo todo cuanto podía estar a su alcance para defenderla como era debido. Por esto, Carlos resultaba aún más papista que el Papa, así éste se llamase Clemente VII, Julio III o Paulo IV, el último en ser elegido en reciente cónclave. Durante el reinado del primero se había producido la invasión de Roma por parte de sus tropas, cuyo motivo consistía en la sospecha de que Su Santidad había escuchado las prédicas melodiosas del Rey de Francia y había intentado cambiar los títulos de diversos dominios imperiales, ante lo cual don Carlos había reaccionado con furia, respondiendo con un requisitorio contra Francisco I, preguntándole al Papa:

¿Tengo yo, por ventura, de hacer pobres mis hijos por enriquecer los ajenos?

Por otra parte, Carlos pensaba que Clemente no había sido tan drástico y riguroso como se requería frente a los vientos de reforma de la herejía luterana y, ahora, este pernicioso cisma se había extendido por media Europa, con la velocidad de un incendio en un bosque durante un prolongado verano. Si Clemente hubiese pedido la ayuda necesaria a sus más leales vasallos, tal vez Lutero y sus seguidores habrían podido ser exterminados. Por eso Carlos había entrado a saco en la propia Roma, para mostrar el poder de su fe y la fuerza de su espada. Era, o había sido, el hombre más poderoso de la Tierra, y eso no lo ignoraba el señor conde de Oropesa.

Las noticias revelaban que Su Majestad había desembarcado en Laredo a finales del mes de septiembre de 1555. Como ya se había dirigido a Valladolid y Tordesillas, no tardaría en hacerse presente en Oropesa. El señor de este gran mayorazgo también sabía que, por donde pasara Su Majestad el Emperador, era necesario pagar un "impuesto de yantares" para el Rey y su comitiva. Pero, de ningún modo, le incomodaba lo que tuviese que desembolsar, ya fuese de su propio peculio o de las rentas de sus menestrales y arrendatarios. Cualquier gasto sería, apenas, calderilla comparado con los beneficios que a su entender se reportarían del hecho de brindar las adecuadas atenciones al monarca más grande que habían visto los siglos por aquellas tierras. Su sola presencia sería, para él, como un baño de oro puro, y su compañía, un privilegio que envidiarían monarcas, potestades y señores próximos o lejanos.

En tal espera se hallaba el conde y con tal agitación pasaba las horas dando órdenes aquí y allá, que no se percató del momento en el que llegaron dos personajes que venían sin pompa ni boato, carentes de numerosa comitiva, ornamentos o insignias imperiales. Se trataba, nada menos, que de los emisarios de don Carlos: don Luis de Quijada, su mayordomo, y Nicolás, ayudante, barbero y antiguo criado del Emperador.

—*¿Dices que no se va a detener en éste mi castillo de Oropesa?*

—*No, mi señor. Mi amo ha decidido bajar sin mucho ruido por los desfiladeros de la sierra de Gredos, hasta llegar al monasterio de Yuste, que es el sitio que ha elegido para su retiro.*

El señor de Oropesa sintió que la vista se le nublaba. Don Luis de Quijada le había informado además de que Su Majestad ya no era el Emperador, pues había abdicado el mando de sus reinos en la persona de su hijo Felipe, en un acto muy solemne celebrado en el salón principal del Palacio de Bruselas. Allí, le había hecho entrega de sus reinos de Castilla, Aragón, las dos Sicilias y las tierras de Indias. Más tarde, su hijo mayor había sido proclamado en Valladolid como Felipe II, Rey de las Españas.

—¿Y Alemania?

—No. Su Majestad no quiso saber más de ellos, pues por más que luchó, no logró erradicar de aquellas tierras la herejía de Lutero.

Don Fernando Álvarez de Toledo, conde de Oropesa, no pudo ocultar su congoja. Había soñado con momentos de gloria y esplendor, como los que había contemplado en Toledo o Segovia años atrás. También había sido testigo del magnífico crecimiento de Madrid, adonde Carlos pensaba llevar la Corte de los Austrias y, ahora, todos sus sueños parecían desvanecerse en el aire.

Pero no se acongoje vuesamerced, pues Su Majestad, antes de llegar al convento de los Jerónimos en Yuste tiene que detenerse un tiempo, por fuerza, en Jarandilla de la Vera, ya que aún no están listas sus habitaciones privadas en el Monasterio.

El rostro de don Fernando se iluminó de nuevo y no ocultó una sonrisa que, de inmediato, afloró a sus labios. También en Jarandilla tenía un palacio de su propiedad que, aunque no mostraba un aspecto tan suntuoso como el que se levantaba en su propio pueblo de Oropesa, dominando el paisaje, tenía un aire digno, un gran patio de armas, buenos refectorios y cómodas habitaciones.

Este palacio, construido a mediados del siglo XV, se levantaba en el centro del vergel de la Vera y el Tiétar, rodeado por hermosos riachuelos y manantiales, y se hallaba a la sombra de boscajes de castaños y robledales. En la fachada exterior de este castillo se destacaban dos torreones, desde donde se podía observar la villa de Jarandilla. Ésta se levantaba como un pesebre franciscano, descendiendo por la colina y en medio de sus casas se erigía una iglesia románica, la parroquia de Santa María de la Torre, construida sobre grandes rocas, como para afirmarse en la montaña y evitar que fuese arrancada del suelo. También tenía asiento en el poblado la ermita de Nuestra Señora de Sopetrán y, por lo tanto, no le faltarían a su majestad los templos adecuados para expresar sus devociones.

Alrededor del castillo había sembrados de olivos y naranjales, así como flores y frutos en gran variedad, que daban a aquel paraje el aspecto de un hermoso jardín, de donde se derivaba el nombre de Jarandilla con el que había sido bautizado el villorrio.

El paisaje del lugar no podía ser más refrescante y propicio al descanso del Emperador en su retiro. Por un lado, se alcanzaban a observar las abruptas y nevadas cumbres de la sierra de Gredos, con su pico de La Covacha, la mayor altura y techo de la región extremeña. Por allí, corrían rebaños de cabras y ovejas de pastoreo, lo que daba a la región un aire de bucólica afabilidad. Abajo, por las colinas surcadas por caminos serpenteantes, se alzan los pueblos de La Vera, hasta llegar a las riberas del río Tiétar, en donde desembocan riachuelos más pequeños y quebradas de aguas espumosas.

¿En qué mejor lugar podría haber pensado el Emperador para lo que, en opinión del conde de Oropesa, podía ser un descanso muy merecido, antes de que Su Sacra y Real Majestad recobrara la Corona e intentara seguir unificando en una sola dirección a todo el mundo cristiano? A decir verdad, don Carlos no era aún un hombre viejo y, tal vez, conservara los arrestos necesarios para otras tantas jornadas guerreras, como las que había emprendido en el pasado.

No sólo el mundo cristiano sino el orbe entero, habría respondido el Monarca en sus días de gloria y esplendor. Y, el no haberlo conseguido, era, sin duda, uno de los principales motivos de su alejamiento de los pesados ajetreos de la política y, en parte, la razón de su constante melancolía. Sólo en parte, porque la causa principal de ella se hallaba en la prematura muerte de la Emperatriz, quien sufrió graves dolencias tras el parto de su hija Juana (¡trágico destino el de las Juanas, por cierto!), y ya no había podido recuperarse del todo. Aunque habían pasado casi diecisiete años del fallecimiento de Isabel, Carlos no conseguía alejarla de su mente, y llevaba consigo su retrato a donde quiera que fuese.

Al regresar a España por última vez, don Carlos recordaba aquella remota tarde de septiembre del año de mil quinientos diecisiete en que, aún adolescente, desembarcaba por vez primera en la Península por las abruptas tierras de Asturias para convertirse en el amo del mundo. Desde entonces hasta el día de su abdicación realizó múltiples viajes por Europa y el norte de África, y llegó a pensar que el mundo entero debía postrarse a sus pies. Ahora, cansado y envejecido, retornaba con una única intención: la de sepultarse en España.

No pasaré otro puerto en mi vida si no es el de la muerte, había dicho, mientras descendía con dificultad por la sierra de Gredos a causa de los dolores de la gota. Demasiado humano para ser inmortal.

* * *

I

Don Fernando Álvarez de Toledo, conde de Oropesa, ha partido de inmediato a Jarandilla de la Vera, con la intención de recibir a Su Majestad con todos los honores. Pero Su Majestad ya no siente ningún halago por las cosas de este mundo. Por ello, no desea pompas ni festejos de ninguna clase. En esta ocasión, no viene acompañado de ejércitos ni de caballeros; tampoco quiso que sus hermanas, que lo habían acompañado hasta Valladolid, lo siguieran hasta el monasterio de su retiro. Como Edipo en Colona, cuando se despidió de sus hijas, sólo quiere perderse con discreción bajo la sombra de los naranjos y los limoneros. Entre sus servidores más cercanos, sólo dejó consigo dos médicos, dos barberos, un cocinero, un panadero y un pequeño número de criados, indispensables para su servicio personal.

También me conservó a mí, Luis de Quijada, como su mayordomo y, a decir verdad, en este viaje postrero me siento, apenas, como un discreto testigo. Espero permanecer a su lado con la boca cerrada y ojos y oídos muy abiertos, y sólo hablaré a solas, por medio de la pluma, para nutrir el arsenal de mis recuerdos.

En cuando a Su Majestad, lo demás le resulta superfluo, más aún considerando que se ha despedido del mundo y sus vanidades y está dispuesto a empezar a vivir asumiendo las funciones de un muerto.

II

La llegada de Su Majestad resultó tal y como yo lo había supuesto de antemano, pero sorprendió al señor de Oropesa y a las gentes más principales de Jarandilla quienes, tal vez, esperaban espléndidos cortejos, con elegantes caballeros montados sobre briosos y bien enjaezados corceles.

Mi señor, en cambio, fue traído en andas, pues los ataques de gota son cada vez más frecuentes y le impiden caminar. Los dolores, que empezaron por el dedo gordo de un pie, se le han extendido por todo el cuerpo, y sólo consigue calmarse un tanto tomando tisanas hechas de madera de China, que acostumbra llevar entre sus cosas más personales, ya que no suelen conseguirse con facilidad por estos pueblos.

En vez de los arrogantes corceles de antaño, don Carlos sólo dispone ahora de una silla de manos, una jaca y una mula vieja, como si se tratara de un campesino, pues todo lo ha repartido entre sus capitanes y soldados.

Aunque ya se encuentra en medio de las gentes, tal vez muchos de estos señores, clérigos, oficiales de diversas maestranzas y maestros artesanos de variados oficios, se pregunten: *dónde está el Emperador; cuál de los recién llegados puede ser quien ha sido el hombre más poderoso de Occidente.* A mí no pueden confundirme con él, pues estoy aquí desde hace varios días y no presumo de tan grande señorío, pero han mirado con ojos curiosos y expectantes a los cirujanos y barberos y hasta al cocinero, aunque ninguno de ellos podrá presumir de Emperador. Sin embargo, ahora Su Majestad ya no tiene el porte erguido que solía llevar. En el presente, se muestra un tanto encorvado y disminuido; ya no levanta el rostro con gesto altanero, como antes, sino que más bien parece esconderlo, como si quisiese ocultarlo entre los brazos y el pecho. En este rostro, en el día pálido y ojeroso, sólo se destaca su enorme mandíbula, que avanza sobre el resto de las facciones al modo de un mascarón de proa. Y aunque el señor de Oropesa había planeado una cena en su honor con muchos invitados, se ha visto forzado, por petición de don Carlos, a despedir a la mayor parte de ellos. Sólo hemos quedado los más próximos a Su Majestad, amén de algunos frailes que vinieron del monasterio de Yuste, fray Martín de Angulo, el padre prior de los jerónimos y dos visitadores de la orden: fray Juan de Herrera y fray Nicolás de Segura. Los demás no tuvieron más remedio que partir cabizbajos y entristecidos, con el temor de que los tiempos de grandes glorias imperiales fueran cosa del pasado.

III

Poco a poco, las glorias excelsas, los honores y las prebendas, se esfuman en el aire. No pasan de ser ilusiones pasajeras; espejismos en un escenario desolado, como la llanura manchega.

Mi señor quiso que su primera noche en Jarandilla transcurriese tranquila y sin sobresaltos, sin pólvora ni serenatas, y apenas con el cantar de las cigarras y el chirrido grave de los búhos, como si hubiese llegado tan sólo un alcaide o un regidor o apenas una sombra. Pero no resulta fácil esfumarse cuando se está hecho de sustancia tan dura. Mi señor no quiso pronunciar discursos de ninguna clase, ni que nadie los dijese. Por un buen rato sólo se oía la sonatina de los cubiertos y el crujir de las dentaduras. Cuando pasaron los primeros platillos de entremeses y llegaron las carnes adobadas con hierbas de las huertas vecinas, el señor de Oropesa y el facultativo flamenco, el doctor Muthys, médico privado de don Carlos, abrieron los ojos por razones diferentes. El conde, al ver los rústicos y voraces modales de Su Majestad en la mesa: mi señor prefería no usar cuchillo ni otros cubiertos, sino que gustaba de despedazar los alimentos con sus propias manos y llevarlos con sus dedos a la boca, chupando hasta la última gota de la salsa y los restos de sangre de las reses. Tal vez don Fernando olvidaba que el Emperador había pasado la mayor parte de su vida en campos de batalla, bajo toldas de campaña, más que en salones cortesanos y en medio de caballeros y damas de finos modales. Además, atrás habían quedado los protocolos y galanuras del mundo. Despojado de todo, ahora quería volver a lo más rústico y natural. La preocupación de Muthys, en cambio, no se dirigía a los ademanes sino a las comidas que su Alteza Serenísima se llevaba a la boca con frugalidad: las grasas derivadas de las carnes, muy saladas y adobadas, y las copas de vino tinto que don Carlos bebía con generosidad, iban a estallar en nuevos dolores de la gota, para la cual Su Majestad creía utilizar un paliativo que resultaba en notable incremento de sus padecimientos. Pero, ni a uno ni a otro vio ni oyó don Carlos, pues se hallaba perdido en el abismo de su propia intimidad.

IV

El padre prior de la orden de San Jerónimo, fray Martín de Angulo, explicó a Su Majestad que todavía no era llegado el tiempo de dirigirse al monasterio, pues aún no estaban listos sus aposentos privados. Las cámaras reales se construyen, por estos días, a un lado de la iglesia, mientras al otro, se hallan los patios, corredores, refectorios y celdas de los monjes. El Templo es el que separa un mundo del otro. Es cierto que

Su Alteza Serenísima ha renunciado a todo lo terreno, pero esto no quiere decir que tenga que irse a vivir a una de esas pobres celdas, como un fraile cualquiera. No sería justo ni conveniente, pues con los mismos frailecillos del convento hay que guardar una prudente distancia. No se puede tocar el sol con las manos sin correr el riesgo de quemarse.

En los nuevos aposentos, aparte de su alcoba privada, que colinda con el altar mayor de la iglesia, Su Majestad va a disponer de un estudio con un amplio ventanal, desde donde podrá contemplar a sus anchas el hermoso paisaje de La Vera. Desde allí, podrá dejar que sus ojos descansen y se extasíen sobre toda una asamblea de colinas cuyo color cambia del verde al azul pálido con la distancia.

Alrededor del convento hay varias refrescantes fuentes de agua cristalina, que ayudan a alimentar las huertas y vergeles, llenando la soledad del aire con sus aromas familiares.

Los maestros artesanos buscan por todos los medios crear un ambiente acogedor para Su Majestad pero, por el momento, apenas han terminado de poner las piedras de los cimientos y están instalando los travesaños para la fábrica de muros y techumbres. En verdad, no se puede ir tan rápido si se quiere que el edificio entero quede tan sólido y seguro como corresponde al amparo del más grande de los señores y emperador de los monarcas de la tierra.

Sólo un humilde mortal, sin trono ni reino, padre prior. Más que en comodidades mundanas, ahora sólo pienso en la austeridad de mi sepultura, pues para ella sólo basta un agujero.

El resto de la cena transcurrió en silencio.

V

Unos días más adelante, cuando mi señor se sintió aliviado de sus dolores, decidió dar un paseo con sus propios pies, sin ir en andas, por los alrededores. En la garganta jaronda pudo darse un baño placentero, pese a lo frío del agua venida de la sierra por estas calendas. Luego marchó por las estrechas callejuelas de Jarandilla y por sus alrededores. Por allí, vio a un hombre que manejaba con gracia un muñeco saltarín, haciéndolo bailar sólo con los movimientos virtuosos de sus dedos. También habló don Carlos con los serranos y campesinos extremeños, y escuchó de sus toscos labios el relato de la serrana de la

Vera, una doncella graciosa y montaraz, cuya belleza enamoraba al aire, y que había dejado a muchos hombres, de distinta edad y condición, enfermos perdidos de amor. La joven, después de haber sido engañada por un noble de Plasencia, huyó a la sierra de Tormantos, donde decidió ejercer su venganza contra los hombres, seduciendo primero y luego dando muerte a cuantos mozos seductores y pretendientes se atravesaran en su camino.

La mujer es un peligro terrible. No hay que olvidar a Eva tentando a Adán con la manzana corrupta. ¡Que la Santa Virgen y la madre que nos parió, y mi señora la difunta Emperatriz, que Dios guarde, nos protejan!

Dijo Su Majestad, al tiempo que se levantaba para regresar al palacio de Jarandilla.

VI

Mientras cruzaba la alameda de robledales para dirigirse al aposento que le habían destinado, mi señor se topó con Su Excelencia el Embajador de Portugal, don Lorenzo Pires de Tavora, quien venía a visitarlo en su retiro. Mi amo don Carlos lo recibió con la cortesía que acostumbra, pero también con una cierta frialdad, como que ya no estaba para asuntos de protocolos y cancillerías.

¿Qué piensa hacer Vuestra Majestad en estos parajes, tan alejados del ruido del mundo?

Preguntó don Lorenzo, tal vez pensando que mi señor hacía lo que hacía para confundir al enemigo y, ahora, preparaba una acción sorpresiva contra herejes y luteranos. Mi señor sonrió con una sonrisa triste, pensando en tantas cosas que quedaron en agua de borrajas.

Mientras bajaba hacia estos pueblos de La Vera, le había parecido ver al propio Lutero pegando su proclama en la puerta de cada iglesia que encontraba a su paso. Pero Lutero había muerto hacía ya casi dos lustros.

¿Qué me dice de la obra de Lutero, Majestad?

Mi señor frunció el ceño con un inocultable malestar, afirmando que por tales piojosos no le era menester gastar siquiera una sonrisa. Mi señor siempre ha sido un hombre de convicciones, firme en sus principios como el muro de una catedral. Por eso, no puede concebir que otros tengan ideas diferentes.

¡Si en algo erré, fue en no matar a Lutero; tal vez, si le hubiese llevado a la hoguera, el mundo cristiano no estaría tan dividido!

Luego, la vista de don Carlos se perdió en secretas meditaciones y el Embajador de Portugal tuvo que resignarse durante varios minutos a un silencio incómodo. De pronto, mi señor salió de su mutismo y habló con voz muy ronca, como si hubiese emergido de una cueva, respondiendo a la primera pregunta de don Lorenzo:

Mucho había deseado desde hace tiempo dejar la carga del gobierno... Ahora, sólo estoy en estos bosques para cazar y recoger algunos frutos...

VII

Por aquellos días y antes del traslado de mi señor a Yuste, partí de Jarandilla en misión secreta, encomendada por Su Majestad sin darme mayores detalles ni informaciones, sino entregándome para ciertas personas sobres sellados y lacrados. Entretanto, los maestros de obra, oficiales de albañilería y carpintería, apresuraban las obras de los aposentos de Su Majestad en el monasterio. En realidad, don Carlos quería estar pronto en aquellas habitaciones suyas, para que ni el señor de Oropesa ni otros amigos que habían aparecido a última hora, se sintieran obligados a seguir los pasos de mi amo y preguntarle de modo cortés sobre su salud y sus antojos, ni a acompañar a la fuerza sus tardes y sus noches. Quería llegar pronto a su destino, para abrir los arcones donde guardaba todo cuanto había querido conservar, aparte de sus trajes más modestos. Entre aquellas cosas se encontraban algunos cuadros, unos pocos libros, cartas y papeles íntimos que aún guardaban el aroma de días felices, y una colección de relojes. Pero no era el caso de abrir aún aquellas cajas y baúles, pues se encontraba de paso. En verdad, siempre había estado de paso en uno y otro lado, y así había dictado sus propias memorias año por año, llevando la cuenta rigurosa de cada uno de sus viajes, así como de los ataques de gota, como si se tratase del meticuloso inventario de uno de sus banqueros germanos. Así, numeraba cada visita a los Países Bajos, a Worms o a Trento, a Roma o a las costas del norte de África; estas últimas en un gesto que era todo un desafío a los reinos moros y a los lectores del Corán. Siempre había estado de viaje, pero ya había llegado el momento de detenerse. Por eso, cada día preguntaba cuánto faltaba para que pudiera dirigirse a Yuste, sin que le importase el gesto incómodo y un tanto lastimero del conde de Oropesa.

Estoy mejor aquí que en parte alguna, pero sólo me sentiré a mis anchas cuando no incomode más a Vuesamerced ni a caballero alguno. Comprenda, señor mío, que ha llegado el momento en que uno sólo puede sentirse a gusto en compañía de sus propios pensamientos.

Así, antes de partir a la secreta y delicada misión que me había sido encomendada, pude darme cuenta de cómo el señor conde de Oropesa y sus vasallos y servidores más cercanos prefirieron no hostigar a mi buen señor con su presencia constante y buscaron el modo de observarlo desde lejos, tratando de pasar inadvertidos, como si ya no estuvieran allí, pero sin dejar de estar atentos al menor de los pasos de un hombre al que ellos no podían dejar de considerar como el gran señor del mundo. Todos parecíamos estar espiándonos los unos a los otros. En verdad, la soledad del poder es la más oscura de las soledades.

VIII

Pasaron varias semanas, tal vez algunos meses, antes de que me fuera dado volver a ver a don Carlos. No puedo negar que en el interior sentía un secreto temor de regresar y no poder ya encontrarlo con vida.

En Toledo volví a ver a mi mujer después de un largo periodo de separación; Magdalena me acompañó a efectuar la misión que me había sido encomendada y, luego, me pidió que la llevara conmigo al lugar del retiro del Emperador. Una mujer sola, además de ser mal mirada, envejece más rápido que la que tiene compañía, me repitió una y otra vez. Traté de explicarle por todos los medios que esto no era posible, que Su Alteza se enojaría, ya que una vez muerta doña Isabel, él ya no quería saber nada de mujeres. *No voy a irme con él a su alcoba. Y si él no quiere ver mujeres, no puede prohibirle que las tengan cuantos le acompañan*, me dijo. Yo le respondí que por eso había escogido un convento de clausura, y ella volvió al ataque preguntándome que de cuándo a acá yo había entrado a las filas del sacerdocio y usaba sotana. *Recuerda que el ser el mayordomo del Emperador viene a ser casi como vestir los hábitos*, afirmé. *Pues ni tú los vistes ni él es ya Emperador*, replicó mientras iba arreglando baúles y petacas con sus trajes y objetos personales. Al final, tuve que darme por vencido. Como he pasado muchos años dedicado a obedecer, me cuesta mucho trabajo dar órdenes, aunque sea en mi propia casa. Y además, por más razones que uno esgrima, muy poco logra conseguir cuando una mujer es por naturaleza testaruda y además se empecina. Por ello, me vi forzado a aceptar por vez primera el llevar oculta en esta correría a mi propia mujer, como si fuese una amante clandestina, por cuanto si Su Majestad ya no tiene una esposa a su lado, mal puede hacer un hombre como yo exhibiendo la suya en cercanías de las celdas de un monasterio.

Magdalena de Ulloa, esposa legítima de Luis de Quijada, señor de Villagarcía, por graciosa concesión de mi señor don Carlos, debería esconder sus títulos y condición, para convertirse en una dueña dedicada al servicio de lavandería y planchado de ropas y otros menesteres afines, como zurcir medias o pegar botones, arreglar cuellos o reparar descosidos, mientras yo tuviese que permanecer al lado de mi señor en su venturoso retiro.

Pero, en fin, aceptadas sin remedio las exigencias de mi esposa, y al prometer ella que respetaría las mías, partimos a cumplir el encargo secreto que se me había encomendado, pidiéndole que guardase suma discreción.

Entregadas las cartas a sus destinatarios y cumplidas todas las instrucciones, un joven se agregó a nuestro cortejo acompañado por toda una legión de servidores, como no la tenía el mismo Emperador. Desde el primer momento en que me vio y cambió las primeras palabras conmigo, adoptó las maneras de un príncipe o un hidalgo de rancia estirpe, buscando demostrar su superioridad frente a mi persona. El muchacho, a quien llamaban Jeromín, era un adolescente que apenas contaba con doce o trece años, y exhibía un porte arrogante y altanero que me impresionó y me hizo poner en guardia desde el primer momento. Sin embargo, no puedo afirmar que haya incurrido en un acta desobligante en mi contra o que me haya tratado de mala manera. Sus modales eran correctos aunque fríos, y daban fe de la buena educación que había recibido. Pero, a cada instante, buscaba la oportunidad para dar a entender que su condición era superior a la mía y que, por lo tanto, yo estaba obligado a permanecer en un rango subalterno. Busqué darle gusto en todo y no quise contrariarlo a disputarle los privilegios que él mismo se otorgaba con su talante vanidoso y soberbio. A decir verdad, mis instrucciones no se dirigían a velar por su educación o a exigirle obediencia alguna, ante lo cual, preferí guardar un respetuoso silencio semejante al que siempre he manifestado a Su Majestad. Y ya es hora de guardar este cuaderno al fondo de mis baúles. Aunque mi mujer no sabe leer ni escribir, espero que no lo descubra, pues sería capaz de buscar a alguien que le enseñase las primeras letras sólo para descifrar el sentido de mis anotaciones íntimas.

IX

Llegamos a Jarandilla con el joven Jeromín y su numeroso séquito, y desde que avistamos el poblado, tomé todas las precauciones del caso para que Magdalena marchase en la parte de atrás, junto con la servidumbre. Ella lo hizo a regañadientes, aunque no dejaba de mirarme con chispas en los ojos, como si fueran carbones encendidos, cada vez que mi vista se cruzaba con la suya. Creo haberle presentado mi esposa a Su Alteza Serenísima en alguna oportunidad y, por eso mismo, le pedí que se mantuviese a distancia, con la prudencia y discreción que debe guardar en todo momento si quiere permanecer conmigo el tiempo que me corresponda habitar en estos pueblos de La Vera.

No bien cruzamos las primeras calles de Jarandilla, al entrar al palacio del señor conde de Oropesa, recibí la noticia de que ni don Fernando ni Su Majestad se hallaban allí, pues mi señor había urgido a cuantas personas correspondía para que le entregasen sus aposentos en el menor plazo. Por ello, los oficiales encargados de la obra se habían visto obligados a trabajar sin descanso, noche y día, hasta completar lo que faltaba. Y, aunque aún oliese a pintura fresca, don Carlos había decidido partir sin más dilaciones, con el afán propio de los enamorados de las novelas de caballerías, llámense Amadís, Lanzarote o Esplandián, que corren presurosos en pos de sus amadas, tras haber cumplido a cabalidad sus tareas a nombre de ellas en el campo del honor.

Mi señor se encontraba en Yuste y, así pues, decidí partir de inmediato hacia el pueblo de Cuacos, que está muy próximo al monasterio, aunque como luego pude comprobar, no alcanza a verse desde allí.

X

Los cuidados que he tenido en ocultar a mi mujer se hallan plenamente justificados. El monasterio de Yuste está compuesto, en verdad, por monjes solitarios y enclaustrados de la orden de San Jerónimo. El convento depende del obispado de Plasencia, que se halla a unas siete leguas de allí; y el nombre de aquella ciudad lo recibió del rey don

Alonso, a causa del placer que sintió estando allí, por las muchas satisfacciones que recibió de su apacible naturaleza.

En Cuacos de Yuste ya se había destinado una casa de estilo flamenco para uso del joven Jeromín y su servidumbre; parecía acabada de restaurar y pintar, como las propias habitaciones de Su Majestad, de modo que el muchacho se sintiese a gusto y contase con todas las comodidades. Tal fue así, que en momento alguno escuché una protesta de sus labios en torno a cualquier detalle de la estancia o sus aposentas. Todo había sido ordenado por manos invisibles con gusto y sin economías, de tal modo, que parecía que la austeridad que don Carlos buscaba para sí estaba compensada con los lujos que se habían dispuesto para el mozalbete. Tantos preparativos y fabricaciones dejaban ver a las claras que no se trataba de un sitio de paso, sino de un estar permanente y definitivo, ya que Su Alteza estaba seguro de haber llegado por fin al lugar de su destino.

Después de instalarme en mis habitaciones, darme un baño en una fuente que da al jardín trasero de la casa y cambiarme de ropas, me dirigí al convento para informar a mi señor del cumplimiento de lo mandado y ver el estado y condición en que se hallaba. Debo decir que aunque hace años que marcho en el séquito del Emperador en sus correrías por el mundo, nunca he logrado comprenderlo del todo y cada vez me sorprende con una nueva rareza. En verdad, me hallo convencido de que don Carlos no es un hombre como todos, por más esfuerzos que haga en el presente para que lo tomemos como tal. Su Majestad se comporta de un modo insólito e impredecible, que en el fondo de mi corazón me hace dudar por momentos de su cordura.

Al llegar al monasterio, lo hallé en sus alcobas privadas, entregado a la tarea de forrar las paredes con pesadas telas negras de Holanda que daban a la habitación un aire nocturno y sepulcral. En la pared principal y sobre los oscuros paños había ordenado colocar un gran bastidor con el lienzo que representaba a su esposa, la difunta doña Isabel de Portugal, quien se hallaba en todo el esplendor de su belleza, en contraste con la noche oscura que don Carlos había creado a su alrededor, quizás para que nada ni nadie empañara la lozanía de su aspecto, el color de sus trajes y la gracia y frescura de su rostro, tal como lo había observado el pintor: con los cabellos rubios, trenzados y recogidos con collares de perlas; la nariz fina y la boca pequeña: el labio superior apenas dibujado con finura mientras que el inferior aparecía un tanto carnoso y sensual, sobresaliendo sobre un mentón redondeado, que completaba el rostro en un óvalo sin fisuras, que en su corta vida se conservó siempre joven, aun con los estragos de la enfermedad, y que no alcanzó a conocer arrugas ni deformaciones como las que traen los años. Así quería recordarla don Carlos para siempre. Al ver este retrato, pude comprobar una vez más la maravilla del arte que consigue detener el paso de las horas y hacer memorable el instante: único refugio contra la corrupción de lo perecedero. La obra de arte parece vivir fuera del tiempo, en un misterioso paraje donde la sola imagen sobrevive a los cuerpos y supera su contingencia.

XI

El claustro destinado a Su Majestad comprendía seis piezas en la primera planta y otras seis en el piso superior. Las primeras estaban destinadas a los médicos, la botica y una cava para los vinos. Arriba se hallaban su estudio, la alcoba y un amplio mirador sobre el paisaje circundante.

Su alcoba privada colindaba con el altar mayor, tal como Su Majestad lo había solicitado desde que tomó la determinación de escoger Yuste como el lugar de su retiro. En el piso alto del claustro nuevo había un paso que le permitía a mi señor salir de un modo directo a la huerta sin tener que bajar ningún escalón, lo que, por lo general, le resultaba trabajoso a causa de la gota y de los dolores en los pies que sobrevenían a cada uno de los ataques.

Por aquellos días pude ver a Su Majestad moviéndose de un lado a otro, muy agitado, pues aún no había terminado de poner todas sus cosas en orden, de tal modo que por fin arribara a la ansiada paz y tranquilidad con la que había soñado desde antaño. Tal fue la razón y no otra, para que el Emperador renunciara al mando en la persona de su hijo Felipe y marchara a Yuste en busca de sosiego. Sin embargo, parecía que la ansiada quietud y mansedumbre del espíritu nunca iban a llegar para él, pues más bien parecía estar a punto de despachar asuntos urgentes, ordenando papeles, buscando algo que tal vez él mismo no podría definir, cambiando el orden de las cosas una y otra vez, como si no encontrara el lugar adecuado para ellas y, por lo tanto, objetos y muebles se rebelaran para que no se les asignara un sitio permanente en parte alguna.

Preocupados por tener tan gran hombre en el convento, los buenos frailes no dejaban de moverse en forma diligente a su alrededor, pendientes hasta de sus menores deseos. Esto comenzó a disgustar a don Carlos, sobre todo cuando vio a los monjes observando de reojo el retrato de la Emperatriz, con su tenue sonrisa de una leve voluptuosidad, que parecía invitar a quienes le mirasen a un acercamiento amable que Su Majestad quería sólo para sí. Una sombra oscura pasó entonces por su mente y le hizo fruncir el ceño, pero es algo que prefiero no nombrar para no equivocarme; lo cierto es que enseguida dio la orden para que las puertas de sus aposentos permanecieran cerradas y de este modo terminara el desfile de los frailes frente al retrato de la difunta Emperatriz.

A veces, en la soledad de la tarde, me pareció escuchar a Su Majestad conversando con ella a puerta cerrada pero, desde luego, y, para su pesar, sin obtener respuesta alguna.

XII

Regresé tarde en la noche a la morada que se nos había destinado en Cuacos de Yuste. Sin decirme nada, sentí que Magdalena me reprochaba el hecho de permanecer tantas horas en el convento y disponer para ella de tan pocas. Y si no me lo dijo con palabras, fue porque así se lo había advertida desde antes de emprender el viaje, pues yo debería dedicarme sin reservas al servicio de Su Majestad. Magdalena se había ocupado de arreglar no sólo mi ropa, sino también la de mi señor y pronto me mostró, con un gesto de reproche, cómo llegaban sus botas, medias y pantalones impregnados de barro, trozos de matas y hierbas, como podría haberle sucedido a un simple y llano jardinero. Tales evidencias demostraban que don Carlos había salido con alguna frecuencia a dar vueltas por los alrededores. Ella me preguntó entonces qué instrucciones había en relación con el joven que había venido con nosotros y, entonces, le respondí que Su Alteza aún no quería que fuera a visitarlo, hasta que no hubiera conseguido poner todas las cosas en su sitio y alcanzar el orden que quería para sus aposentos. La verdad es que aún permanecían varias cajas y arcones en el suelo, sin que hasta el momento se hubiesen desempacado los objetos que contenían.

Por otra parte, Su Majestad contemplaba una y otra vez el paisaje que tenía frente al balcón de la alcoba principal, y había descubierto que vislumbraba una ausencia que le mortificaba: la presencia del agua, que tanto le había impresionado en su momento al visitar las palacios nazaríes de Granada. Por eso, ordenó en forma perentoria que se iniciase enseguida una excavación al frente mismo del claustro, donde se hallaban sus habitaciones, para habilitar un estanque que fuese como un espejo cristalino que reflejase los cielos y contribuyese a traer la paz y tranquilidad a su espíritu, aún perturbado por el eco de los ruidos del mundo.

Y así se hizo tan pronto como las humanas fuerzas de quienes se empeñaron en la tarea lo permitieron. Palos y picos subían y bajaban con presteza y cualquier observador inocente podría pensar que se estaba construyendo la tumba de un gigante; y tal era, si acaso puede decirse así. En ésas, pasaran varias semanas que ahora yo abrevio en estas líneas.

Al contar con un hoyo profundo y bien extendido, de más de cien varas de largo y otras tantas de ancho, los albañiles procedieron a engastar las piedras con suma precisión, para que luego las aguas no se pudieran escapar por las ranuras que podrían quedar en sus intersticios. Pero aquéllos eran tan cumplidos artesanos, que no perdieron el menor detalle, y al final, las aguas del estanque llegaban a permanecer tan quietas, que sólo por evaporación podrían separarse de la caja de piedra en que se hallaban contenidas.

Y mientras este grupo de artesanos diligentes se ocupaba de la construcción del estanque, Su Majestad paseaba por las eras de la huerta, dedicándose a cuidar los sembrados de hortalizas como no lo había hecho en todos los años de su existencia. Además de la tarea emprendida por hortelanos y jardineros en los dichos sembradíos, don Carlos se adueñó de un amplio trecho de los vergeles, de modo que otras personas, ya fuesen frailes o aparceros, no pudiesen tomar para sí lo que mi señor había reservado para su propio consumo y satisfacción.

Esto lo hacía por cuanto todos los criados que tenía a su servicio eran flamencos y, en tal condición, gustaban muy poco de comer o preparar berenjenas y, en cambio, eran muy amigos de usar cebollas en todo cuanto cocinaban o servían. Pero como a don Carlos las berenjenas le complacían en sumo grado, resolvió recogerlas él mismo, sin temor a ensuciarse las manos. En aquellos menesteres agrícolas solía acompañarlo Nicolás, su barbero de cabecera y criado antiguo de toda su confianza que, por lo mismo, conocía al dedillo los gustos y disgustos de su señor.

XIII

Una noche en que me acerqué a las habitaciones privadas de Su Majestad, escuché ruido de voces y un intenso ajetreo. Al mirar, vi el movimiento rojizo y amarillento de muchas teas encendidas; entonces entreabrí la puerta y pude observar a Su Alteza rodeado de criados que levantaban hachones y palmatorias para iluminar el recinto. Otros, entretanto, estaban ocupados en desarmar varios relojes que mi señor había sacado de sus arcones y que siempre llevaba consigo. Y, al tiempo, con tan dispendiosa actividad como la que llevaban a cabo sus servidores, él se complacía volviendo a armar los relojes, pues aquella era una forma de pasar los desvelos que lo acometían, cuando sus tristes pensamientos no le dejaban dormir. Pienso que, así, Su Majestad podía tener la ilusión de hacerse dueño de un tiempo mezquino que, sin embargo, no dejaba de pasar, restándole minuto a minuto los últimos hilos de su existencia.

Otras noches llamaba a los frailes del coro y les pedía que cantasen sus vísperas y responsos. Y, mientras esto hacían, acompañados al órgano que tocaba un maestro de capilla sevillana, su majestad seguía al pie de la letra cada una de las notas que se hallaban en las páginas de los grandes libros antifonarios que se elevaban sobre los planos intlinados de los pesados facistoles.

Una de aquellas noches, en que había allí catorce o quince frailes dedicados a las salmodias corales, señalaba al uno o al otro indicando cuándo había errado, y así decía: *éste erró*, o *fue aquél*, y cuando vino un tal Guerrero y enseñó un cuaderno de motetes que presumía haber compuesto, al escuchar las tres composiciones, Su Majestad exclamó indignado:

¡Oh, hideputa! ¡Qué sutil ladrón es ese Guerrero, que hurtó lo que otro compuso!

Y tanto yo como los maestros cantores quedamos sorprendidos al darnos cuenta de todo lo que sabía de música quien había sido el Emperador Carlos V.

XIV

Al escribir estas líneas, en la soledad de la noche, en este monasterio de Yuste, me pongo a pensar, mientras dibujo las letras apoyando el cuaderno en el scriptarium, sobre la forma más correcta como debo llamar a mi señor en estas páginas. Si le digo Rey o Emperador, estoy conjugando mal los tiempos del verbo, pues pongo en presente lo que ya es pasado. Mientras que si lo llamo Alteza o Majestad, se me ocurre que me acerco más a la verdad, por cuanto tales propiedades o virtudes no se pierden aunque se renuncie a la Corona. Al fin y al cabo, corresponden a una grandeza que se ha hecho aún más notable a causa de su desprendimiento. Sin embargo, para mí, aquí, en privado, prefiero llamarlo don Carlos, porque así no lo siento tan lejano ni extraño, sino que lo reconozco como a quien he visto y servido sin descanso a lo largo de los años.

Pero... ¿Qué sombra es aquella que se mueve allí, en el pasillo, mientras yo escribo? ¡Dios! Es mi señor que no duerme...

XV

Menos mal, pude esconder el cuaderno a tiempo y sacar algunas hojas donde había hecho anotaciones de compras y gastos efectuados en los últimos tiempos. Su Alteza se acercó a mirar la que tenía entre manos pero, enseguida, se alejó, al ver que sólo se trataba de dineros y contabilidades, asuntos indignos de su grandeza.

He pedido a los beneméritos padres del monasterio que tomen una bolsa de ducados y me canten algunos responsos y una misa de réquiem, para ver cómo van a ser mis honras fúnebres cuando llegue el momento. Pero mi buen prior me ha regañado diciendo que, de ningún modo, me pueden tomar por muerto antes de que lo sea de veras. Es una lástima, porque así no tendré la oportunidad de oír las honras que se canten en mi honor...

Su Majestad se alejó como una sombra y, durante un rato, escuché sus pisadas solitarias en el piso de arriba. Cuando los pasos cesaron, preferí bajar a mi casa de habitación en el pueblo de Cuacos, pues un frío intenso me había helado las entrañas.

XVI

Ayer, Su Majestad resolvió salir a dar un paseo en su mula vieja, acompañado de su fiel Nicolás. Pero, a poco, el pobre barbero regresó corriendo y dando gritos. El señor don Carlos había caído de la mula, golpeándose aparatosamente, después de dar voces para que le bajasen, pues se desvanecía.

El doctor Muthys ha ordenado que no se levante de la cama en varios días, y sobre todo, que no vuelva a montar en jaca o mula alguna.

XVII

Por fin, el joven Jeromín ha podido presentarse frente a Su Majestad. Ambos han quedado mirándose durante un largo tiempo. Su Alteza le hizo al mozuelo algunas preguntas sobre cosas simples como sus gustos, sus ambiciones y sus proyectos. Jeromín le respondió que, por el momento, sólo quería permanecer allí, a su lado. La alcoba estaba en penumbra pero no se me escapó la mirada incisiva y curiosa del joven sobre el retrato de mi señora la Emperatriz. No obstante, él no preguntó nada al respecto, sólo dijo, casi entre dientes, *es hermosa*. Y, sin embargo, Su Alteza ni lo escuchó ni dio trazas de haber percibido lo que podría estar pasando por la mente del muchacho.

En realidad, hay que reconocer que la imagen de doña Isabel tiene un poder magnético sobre las gentes, lo que incomoda a Su Majestad. Sin embargo, en esta ocasión, don Carlos no se mostró molesto y pudo seguir hablando durante buena parte de la tarde con ese mozo que, por razones que desconozco, parece interesarle mucho.

A partir de aquella jornada, Jeromín no cesaba de hacerme toda clase de preguntas sobre mi señor y, en adelante, vino a verle todos los días y le traía naranjas y dulces de regalo, lo que sin duda complacía a Su Alteza.

XVIII

Las cosas suelen pasar en forma intempestiva de la risa al llanto y del placer al dolor. Hacía mucho tiempo que no veía tan furioso a Su Majestad como lo vi aquel día. La razón de su enojo era que había visto a un grupo de frailes que se presumían de clausura, chanceándose y riendo con mujeres mozas que decían venir al monasterio en busca de limosnas. Por esto, don Carlos llamó de inmediato al padre prior para informarle de la situación y manifestarle su inconformidad, solicitándole que se ocupase del asunto, castigando a los culpados, y que tomase drásticas medidas para que tal cosa no volviese a suceder. Por su parte, dio órdenes para que mediante pregones se anunciase a los comarcanos que, bajo pena de cien azotes, ninguna mujer podía arrimarse a los alrededores del convento ni pasar de un humilladero que estaba a dos tiros de ballesta del monasterio.

XIX

Poco a poco, Su Majestad fue encontrando mayores dificultades para caminar. Con paso lento, daba vueltas alrededor del estanque, contemplando su rostro al fondo de las aguas, sin tomar precauciones contra la nube de mosquitos que revoloteaban a su alrededor. Pero, a don Carlos tales picaduras parecían no importarle, pues su mente ya no estaba allí sino que se había escapado en divagaciones por los cerros de Úbeda.

Días más tarde, ya no podía levantarse del lecho ni siquiera para ir a misa, por lo cual mandó que se tumbase el muro que separaba su alcoba del altar mayor, para poder seguir la misa desde el lecho sin tener que levantarse de la cama.

El doctor Muthys constató que Su Majestad padecía de un ataque de tercianas, por lo que le venían fiebres muy altas que no lograba bajar con hierbas, paños de agua fría o sangrías que efectuaba clavando canutillos en sus brazos. Jeromín ya no esperaba en la habitación de al lado, como solía hacer al comienzo de sus visitas, sino que ayudaba en todos estos menesteres y se sentaba en un sillón al lado de su lecho de enfermo. Por alguna razón, aquel muchacho le había tomado un afecto que sus propios hijos no habían podido demostrarle, por hallarse lejos de allí.

Fue así como la muerte se fue acercando con diversos anuncios. Ya había llegado noticia del fallecimiento de su madre, la Reina Juana, encerrada desde hacía muchos años en el convento de Tordesillas pues corría la voz de que había enloquecido tras la muerte de su esposo Felipe, a quien le decían *El Hermoso*. También llegó la noticia de la muerte de sus hermanas Leonor y María, quienes lo habían acompañado en su último viaje hasta la ciudad de Valladolid.

Ahora, en los delirios de la fiebre, en medio de un desfile de fantasmas, preguntaba por su amada Isabel y la señalaba llamándola y pidiéndole que viniese a su lado pero ella permanecía serena e inmutable en el interior del lienzo que la evocaba, como si fuese tan sólo un testigo intangible de la agonía del Emperador.

En uno de estas delirios, y cuando parecía que su fin estaba cerca, llamó al padre prior y le pidió que le aplicaran la extremaunción. También llamó a los visitadores de la orden, a Jeromín y a sus servidores, a su confesor y aun al barbero, el panadero y el cocinero con el que se había peleado en más de una ocasión para que escucharan sus últimos mandatos e instrucciones. Su Majestad manifestaba que era su voluntad que en el momento de su fallecimiento fuese sepultado en Yuste, debajo del altar mayor una parte del cuerpo, y pidió que se trajese a su lado el cuerpo de la serenísima y muy amada Emperatriz, su mujer, de modo que ambos fueran enterrados debajo de dicho altar; de manera que la mitad de los cuerpos quedaran debajo de dicho altar y la otra mitad, debajo de la peana, de suerte que el sacerdote que dijese la misa pisase encima de ellos, para cumplir en la muerte lo que en vida juntos no pudieran, como era el retirarse a los monasterios. También pidió que le cortasen los brazos y los enterrasen por separado a cada costado de la iglesia. Conociendo a Su Majestad, yo pienso que lo hacía para poder abarcar, aunque de un modo imposible, el gran imperio cristiano que se había ido de sus manos al dividirse los reinos en tantos cultos y creencias.

XX

Así, se extinguió, frente a mis ojos, el hombre más grande de este tiempo, a quien tuve la dicha de servir como mayordomo. Murió teniendo en su mano el mismo crucifijo con el que también expiró mi señora, su amada Emperatriz. Dejó una carta sellada con instrucciones para su hijo Felipe y cuando, después de una lenta agonía, exhaló el último suspiro, los frailes aderezaran el cuerpo y lo guardaron en un ataúd de plomo en que le metieron y soldaron.

Unos días más tarde, algunos frailes dijeron haber visto un pájaro, grande como un cisne, que había llegado de Jarandilla y que, durante dos noches consecutivas graznó cinco veces cada noche, con un ruido extraño, sobre la tumba recién abierta del Emperador. Ya no sé si tal cosa es verdad o mentira, pero lo cierto es que tan pronto muere un gran hombre, comienza su leyenda...

XXI

Hace más de un año no había vuelto a abrir este cuaderno, pues la ausencia de mi señor me lo hacía ver como algo innecesario. Sin embargo, hoy he vuelto a tener una ocasión propicia para añadir algunas líneas a mis anotaciones: el Rey Felipe II ha abierto la carta de su padre, y ha tomado la decisión de reconocer como su medio hermano e hijo bastardo de Su Majestad el Emperador Carlos V, al joven Jeromín, a quien en adelante se debe distinguir con el nombre de don Juan de Austria.

Postfacio

En la actualidad, tanto Carlos V como su esposa Isabel de Portugal y sus hijos Felipe II y Juan de Austria, se encuentran enterrados en el Panteón de los Reyes, en el monasterio de San Lorenzo del Escorial.

Que para siempre esté contigo mi Castilla[1]
Guido Reverdito

—Parador de Oropesa, dígame.

—Soy una investigadora del Departamento de Filología Española de la Universidad Complutense y quisiera hacer una reserva.

—¿Para cuándo?

—Para el próximo fin de semana.

—¿Su nombre, por favor?

—En realidad, la habitación no es para mí, sino para un señor americano.

—Muy bien, dígame su nombre.

—Parry, Nicholas Parry. ¿Sabe? Es un dramaturgo muy famoso...

—¿Con "i" griega al final?

—Sí.

—¿Y usted? Perdone que insista, es la señora...

—Señorita Aitana Ordóñez. Haga la reserva sólo a mi nombre.

—Pero la habitación es sólo para el señor americano, ¿no?

—No importa, llegará conmigo.

El tráfico de la autopista de Barajas era bastante fluido bajo la suave luz de aquella tranquila mañana de otoño. Le parecía oír un ruido metálico que procedía del capó y se escuchaba dentro del coche, pero no quiso darle mucha importancia. Aquel coche era un milagro de

---

1. El relato original está escrito en italiano ("Per sempre sia com te la mia Castiglia"); aquí publicamos su traducción al castellano.

supervivencia digno de la sala de un museo y además, ese día no podía permitirse ni un solo fallo.

Como había sido la única que no había puesto ningún inconveniente, en el Departamento le habían encargado ir a recogerle y acompañarle a dar una vuelta por Madrid y por La Mancha. Además, era la investigadora más joven del departamento, aunque no la última en llegar. El hecho es que era la única que hablaba bien inglés (lo había aprendido en Nueva York durante los tres años que estuvo haciendo su máster), y por si eso fuera poco tenía un físico con el que no podía competir ninguna de sus colegas. Si a esto se le añade que a Parry le precedía su prestigio de autor de moda, en la cresta de la ola y la fama de que era un *play boy* consumado, al que le gustaba rodearse de bellas mujeres que se fotografiaban a su lado con la esperanza de conseguir un papel en alguna de sus obras, estaba claro que era imposible negarse a la amable invitación del director de su departamento, donde Parry iba a dar un seminario de teatro la próxima semana.

Sólo había visto una foto suya en la cubierta de una selección de sus obras que había en la biblioteca del Instituto, pero era bastante para poder identificarlo. Cuando lo vi, entre un grupo de turistas, comprendí que aunque la memoria me fallara, lo reconocería de inmediato, de tanto como destacaba en medio de tanta banalidad.

Alto, seguro de sí mismo, vestido con una americana de terciopelo de color claro, vaqueros deslavados y unas botas de punta metálica reforzada; era la viva imagen del hombre americano salido de los desiertos del Oeste y trasplantado a una gran ciudad metropolitana. Al ver las tachuelas de sus botas y el brazo sujetando una bolsa a la espalda, pensé que encarnaba a la perfección el personaje de un anuncio de cigarrillos, si no hubiera sido por el pliegue casi imperceptible que dibujaba una sonrisa maliciosa en sus labios, como si toda la expresión de su cara se resumiera en aquel gesto, enviado en avanzadilla para otear el horizonte antes de establecer ninguna forma de contacto.

No sabía cómo atraer su mirada, ya que, a pesar de la sugerencia que me hizo un compañero, me daba vergüenza llevar un cartel con su nombre como si fuera la representante de una agencia de viajes. Cuando estuvo a pocos pasos de distancia, me armé de valor y le dije casi gritando, para que me oyera en medio del ruido que le rodeaba:

—¡Nicholas!

—No debería haberme confiado...

—No se preocupe, ahora vendrán a recogernos. España no es como Estados Unidos, pero en Europa se dice que éste es uno de los países mejor organizados, por lo menos desde este punto de vista.

—¡Y pensar que en el departamento estaban dispuestos a alquilar un coche!

—Quiero decir que esperaremos a que lo arreglen y mientras tanto descubriremos por qué por ahí hablan tan bien de Talavera.

—¿Conoce usted Talavera?

—Hombre, los americanos no somos todos como los que salen en el cine. Algunos incluso apreciamos su cultura y conocemos muy bien Europa.

—No me malinterprete. Hay muchos españoles que no tienen ni idea de dónde está Talavera.

—Lo cierto es que le estoy tomando un poco el pelo. He venido para dar un seminario de escritura teatral, pero en realidad, me gustaría aprovechar el viaje para hacer algunas investigaciones, digamos que de campo, sobre algunos sucesos que ocurrieron en los tiempos de la Reconquista. Es posible que haga algo sobre ese asunto...

—Me ha puesto usted en un aprieto. No debería habérmelo dicho.

—Aquí llega el coche. ¿Qué le estaba diciendo?

El centro histórico de Talavera estaba lleno de gente que circulaba por sus callejuelas laberínticas apretujándose ante los puestos de una feria que se celebraba ese día. Aitana y Nicholas llevaban más de una hora inmersos en el gentío, dejando que el sol de octubre los fundiese con las piedras de los muros, y confirmando en ambos la convicción de que la avería del coche no había sido un engorro, sino una invitación providencial a sumergirse en el corazón de una ciudad ansiosa de regalar a sus escasos visitantes un soplo de aire medieval, preservado al amparo de los siglos.

—Suponiendo que el mecánico no se equivoque, todavía nos quedan dos horas. ¿Qué será ese edificio de la derecha? —preguntó Nicholas, señalando una construcción rectangular cuya imponente mole sustentada por espesos bloques de piedra llamaba poderosamente la atención.

—Le confieso que no tengo la más remota idea.

—Yo le diría lo mismo... si no me hubiese informado antes de venir. Creo que soy el único, exceptuando a los de aquí, que sabe que ese edificio alberga uno de los escasos museos del mundo exclusivamente dedicado a la cerámica.

—No me diga que le gusta la cerámica. Cuando hemos pasado por delante del Museo Ruiz de Luna me moría de ganas de entrar —comentó incrédula Aitana.

—Desde luego. Pero hay una cosa que me tiene intrigado y que quisiera averiguar. ¿No le importa si entramos un momento?

Cuando volvió del servicio, vio que Nicholas, de espaldas, contemplaba una de las muchas vitrinas que cuentan la evolución de la cerámica desde los primeros tiempos hasta las tendencias más recientes de este siglo. A su lado había un empleado con el que parecía sumido en una intensa discusión sobre la pieza que tenían delante de ellos.

La situación despertó su curiosidad y para que no la vieran se escondió detrás de una columna situada a espaldas de los dos hombres, desde donde podía escuchar la conversación sin ser vista.

—No. Mire, mi trozo, que no puedo enseñarle porque no lo tengo aquí, es algo muy especial. Parece un fragmento de un gran plato con un dibujo de figuras humanas bastante corriente. Pero en el fondo hay una cosa mucho menos corriente, unos caracteres árabes escritos por detrás.

Se quedó helada. Era la voz de Nicholas y hablaba en un español perfecto, con un leve acento mexicano. Totalmente desarmada ante la nueva situación, estaba a punto de salir de su escondite, cuando oyó la contestación del empleado.

—A ver si le entiendo. ¿Me está usted diciendo que tiene un trozo de este plato?

—Exacto. Y me gustaría mucho saber si existen otras piezas parecidas para averiguar qué dice la inscripción de la parte posterior.

—Yo no soy ningún experto, pero creo que no hay ninguna cerámica que tenga una inscripción en árabe en su parte posterior. ¿Dónde ha dicho usted que encontró el plato?

—En realidad no se lo he dicho. Digamos que la pieza cayó en mis manos después de una serie de aventuras que sería muy largo de contar ahora aquí.

—Pero, al menos conoce su procedencia, ¿no?

—Sobre eso no hay ninguna duda. La persona que me hizo llegar el trozo de plato me dio a entender que el plato provenía de la zona de Oropesa.

—Es posible. Puede que no sea Oropesa, pero a tan sólo diez kilómetros de allí, en la raya con Extremadura, está Puente del Arzobispo,
donde hay cerámica hecha en los tiempos de los árabes.

—Voy a apuntar ese nombre. Espero averiguar algo más.

—Pero el dibujo no está pintado sobre fondo verde, así que debería buscar aquí, en Talavera. Podría darle una cita para ver al Director
de Bienes Culturales de...

—Le agradezco que se tome tantas molestias, pero tengo que irme.
Oropesa me espera.

—¿Me permite que sea sincera con usted?

—Me parece que lo ha sido hasta ahora. Adelante.

Nicholas y Aitana estaban otra vez en el coche y se dirigían a Oropesa por la Carretera Nacional V. Atravesaban los tranquilos campos
de La Mancha, con el horizonte roto sólo de tanto en tanto por algún
pequeño promontorio que sobresalía sobre la llanura y que eran como
la caricatura de una colina.

—Podría haberme dicho que sabía hablar castellano perfectamente. Me habría ahorrado el esfuerzo de hablar en inglés y tal vez a usted
también le hubiera agradado hablar un poco de español. No creo que
por su parte...

—Hablaba usted tan bien inglés, que no me parecía comparable a
mi español.

—¿Dónde lo ha aprendido tan bien? Diría que tiene usted un poco
de acento mexicano, pero nada más.

—Es una larga historia.

—¿Cómo la del plato?

Nicholas la miró con ojos interrogativos y siguió mirándola fijamente antes de ser capaz de pronunciar una sola palabra.

—Yo no suelo espiar a la gente.

—¡Mire! —exclamó el americano señalando la cumbre de una
colina que despuntaba en el horizonte tras un recodo de la autopista.

—¿Puede usted ver lo que es desde aquí?

—¿Quiere decir el castillo?

Es maravilloso. Parece un trozo de colina sobre el que alguien ha
tenido la genial idea de colocar un molde de arcilla hecho por unos
niños.

—¿Y usted, el español, lo aprendió siendo niño?

—Si me deja que me reponga de la sorpresa, se lo cuento. Verá, mi padre es un americano que quería demasiado la libertad y la aventura para quedarse en casa y hacer lo que sus padres querían que hiciese.

¡Dios mío! ¡Supera con creces todas las fotos que había visto!

—¿Quién, su padre?

—No, el castillo. No, usted no mire, yo lo haré en su lugar.

Cuando el coche tomó la última salida de la autopista que llevaba al interior de la región, Nicholas dejó de hablar y bajó la ventanilla, dispuesto a preguntar al primero que pasase, como si aquel pueblo fuese la avanzadilla de una gran ciudad en la que se pierden hasta sus propios habitantes.

—¿Por qué se mete por aquí? —le dijo a la chica en tono brusco al ver que dejaba atrás una bellísima plazoleta rodeada de edificios medievales, con fachadas que parecían espejos deslumbrantes por sus colores azules y el brillo de sus azulejos sobre el que se reflejaba casi con violencia, teniendo en cuenta la estación, el primer sol de la tarde.

—Había una señal enorme. Si quiere lo preguntamos.

—Me fío de usted.

—¿A pesar de que lo espié en el museo?

Cada vez era más difícil circular por la calle. Parecía que los muros se iban estrechando más y más, de tanto que se acercaban, como en un juego de falsas perspectivas en el que el plano de la plaza del pueblo se inclinaba hacia la cumbre en la que el castillo protegía al resto del pueblo como si fuera una gigantesca gallina de piedra, fruto de una explosión nuclear muy antigua.

Cuando el coche dejó de dar botes sobre los adoquines de la calle, aparecieron los muros exteriores del complejo arquitectónico, amenazantes en un espacio exiguo que comunicaba con el interior por una puerta ojival esculpida en la piedra y permitía el acceso de pequeños carruajes al edificio que por fin se hacía presente.

Una vez superados los gigantescos muros, era difícil no dejarse sorprender al contemplar la extraña disposición que el paso de tiempo y los diversos estilos habían impuesto a los edificios que rodeaban el gran patio. En efecto, la mole aplastante del castillo se levantaba amenazante, con sus torres asimétricas y su áspera atmósfera de barbarie medieval, mientras que el lado opuesto había sido remodelado con una galería de dos pisos en forma de "L" que, gracias a sus gráciles líneas de delicado estilo renacentista, daba un aspecto sedante y acogedor al patio.

Aitana aparcó bajo una pérgola que se alzaba en la parte derecha de la plaza, donde sólo se alzaban los muros de contención que unían los contrafuertes del castillo con los dos pisos del ala con galería. Nicholas salió del coche y miró a su alrededor, casi asustado por el espectáculo de extraña belleza que le rodeaba totalmente. Se diría que no recordaba que había llegado a aquel fragmento de paraíso arquitectónico en compañía de persona. Aitana lo observó inmóvil en el centro de la plaza y sintió cierta otra emoción al pensar que la cultura de su país no se borraría nunca del rostro de aquel americano con sobredosis de historia.

—¿Así que le gusta la suite? —dijo Aitana mirando por la ventana y dándose cuenta en ese momento de que la habitación reservada a su nombre tenía unas vistas espectaculares sobre los campos de La Mancha, que se perdían en el horizonte, encuadrados por el perfil de las torres del castillo.

—No me gustaría parecer inoportuno.

—¿Quiere que le cambien de habitación?

—No, en absoluto. Pero dígame una cosa: ¿dónde va a alojarse usted? Le ruego que no me malinterprete.

—No creo que en estos meses haya mucha gente en Oropesa. Al pasar he visto dos pensiones que me han parecido estupendas.

Nicholas no dijo nada. Se limitó a coger el teléfono, indicándole con un gesto que se acomodase en una enorme butaca cerca de la ventana:

—Soy el señor que acaba de llegar. No, mi nombre es Parry, Ordóñez es el nombre de la señorita. ¿Podría hacerme un favor y ver si hay alguna habitación libre para mi colaboradora? Se ha tomado tantas molestias por mí que se le ha olvidado buscar alojamiento para ella misma. ¿Qué número? Sí, creo que es perfecto. Después, volviéndose hacia Aitana y tapando con una mano el micrófono del teléfono, le dijo:

—¿A usted no le importa que no sea una suite?

—Por supuesto que no. Pero, ¿qué está usted haciendo? —protestó la joven levantándose de la butaca y acercándose a Nicholas con la evidente intención de rozarlo con la mano para convencerlo de que no debía molestarse.

—Ahora pueden llevar el equipaje de la señorita a la habitación. Está en el coche aparcado fuera. Se lo agradezco mucho, ha sido muy amable.

Colgó el teléfono y miró con aire interrogativo a Aitana.

—¿De verdad pensaba quedarse en una pensión, teniendo un sitio como éste a su disposición?

—Lo cierto es que no depende de mí. El departamento no está financiado por el Sultán de Brunei. Como sabe, es una universidad pública...

—Me está regalando dos días enteros de su vida. Me dejará usted que la compense de algún modo...

—Para mí será un honor. No sabe lo mucho que deseaba estar aquí y pasar dos días con una personalidad de su prestigio.

—Sólo me arrepiento de una cosa, no haber tenido el valor de pedirle que comparta esta suite conmigo. Si tuviese diez años menos o viniese de un país menos puritano que el mío, quizás lo habría hecho...

Aitana no tuvo valor para mirarle a los ojos. No quería que él se diera cuenta de cuánto le hubiera gustado que se lo pidiese y sólo su educación le impidió decir lo que estaba pensando en ese preciso momento.

—Voy un momento a mi habitación... ¿Cómo podré agradecérselo? Pensé que sería bastante con el cuento del mecánico.

Nicholas la miró mientras se dirigía a la puerta de la suite. Le pareció que la conocía desde siempre, por mucho que sólo se hubiesen visto por primera vez hacía muy pocas horas.

—Me imagino que querrá descansar un poco. Con el desfase horario y todas nuestras aventuras, echarse una siesta no le vendrá mal —dijo Aitana cuando ya estaba en la puerta.

—¿Nos vemos abajo para tomar el aperitivo?

Nicholas vio cómo asentía con los cabellos rizados que le caían suavemente sobre los hombros, justo antes de que cruzara la puerta. Sintió cómo se alejaba el taconeo de sus zapatos en la penumbra del pasillo y luego la puerta que se cerraba tras las pesadas horas de hierro. Entonces tuvo una reacción infantil: se acercó al umbral entreabriendo la pesada puerta, justo para ver a Aitana andando muy lentamente por el pasillo, como si esperara que la llamaran desde la habitación que acababa de abandonar, pero sin tener el valor suficiente para darse la vuelta y comprobar que Nicholas la estaba llamando.

Tres horas después, con los cabellos todavía húmedos de la ducha y la sensación de bienestar que produce una siesta reparadora, Aitana y Nicholas se sentaban en una mesa de la terraza en forma de "L" que coronaba todo el edificio del Parador, frente a la imponente mole de la fortaleza.

—En efecto, le había empezado a contar cómo es que hablo español. Si no nos hubiésemos encontrado con el castillo de la forma en que lo hemos hecho, ya lo sabría. Pero tiene que perdonarme. Cuando se ve algo tan poco habitual, es difícil seguir concentrado en lo que se está diciendo. Por mucho que se esté al lado de una mujer tan guapa y a punto de iniciar unas vacaciones espléndidas.

—Lo peor no es eso. Lo peor es que nosotros estamos tan acostumbrados que no sabemos apreciar la belleza que tenemos ante nuestros ojos.

—Mire a mi padre: era americano como yo, pero amaba las cosas bellas, la cultura, el arte y la civilización europea. Lo malo es que nació en una época en la que las guerras importaban más que la sensibilidad artística. La primera vez que estuvo en Europa fue durante la Primera Guerra Mundial. Era muy joven y luchaba por una causa que no comprendía y por decisiones políticas que nadie se había tomado la molestia de explicarle.

—¿Y no le pasó nada? Quiero decir... ¿volvió a casa sano y salvo?

—No, no hubo heridas, pero la guerra le cambió de forma radical. El horror de todo lo que había visto con sus ojos de niño le afectó de tal forma, que se convirtió en un antimilitarista feroz, dispuesto a embarcarse en cualquier causa en la que pudieran triunfar los ideales de libertad y de convivencia pacífica que en los años de la Segunda Guerra Mundial no estaban muy de moda, por así decirlo, en ningún sitio.

—Pero no se puso usted a aprender español porque nos sacamos de la manga una república y echamos al rey, ¿verdad?

—No, desde luego. Si sólo hubiese sido por aquello, ni él ni yo hubiéramos aprendido una sola palabra de español. Pero lo cierto es que en el 36, cuando se produjo la sublevación franquista, le estoy hablando de cosas que conoce usted mucho mejor que yo, él no se lo pensó dos veces y se alistó en las Brigadas Internacionales para venir a España a combatir. Él, que era un antimilitarista convencido, vino para luchar por sus ideas de libertad y de democracia.

Aitana había dejado de beber su Martini y lo miraba sorprendida, como si le estuviese contando la historia novelesca de un personaje nacido para ser protagonista de un drama romántico y destinado a ocupar el lugar del padre de carne y hueso, confundiendo así realidad y fantasía.

—Se alistó en la Brigada "Lincoln", junto con otros muchos norteamericanos. Muchos creen que la guerra española sólo la hicieron Hemingway y sus novelas, pero en realidad hubo muchos norteamericanos que vinieron a morir a España.

—¿Y su padre?

—Se quedó hasta el final de la guerra. Participó en un gran número de acciones de guerra y en campos de batalla que no le cito porque son demasiado numerosos. Son nombres y datos que no le interesan a nadie. Despiertan los fantasmas del pasado y la polémica sobre una guerra que a nadie le interesa ya resucitar.

—¿Y cómo aprendió español?

—Combatiendo hombro con hombro con los soldados republicanos y compartiendo con ellos lo poco que tenían, aparte del miedo a la muerte y el odio que sentían hacia los que no compartían sus ideas. Mi padre tuvo más suerte que otros: no sólo volvió a casa sano y salvo, sino que se hizo muchos amigos e incluso encontró el amor.

Aitana, en el silencio absoluto del patio al que daba el balcón del Parador, sintió que un rumor procedente de la torre se imponía por un momento a la voz cálida y envolvente de Nicholas. Pero no prestó atención. Estaba totalmente concentrada en lo que le estaban contando, como si estuviera en trance.

Durante la batalla de Madrid, que comenzó el 19 de octubre de 1936 y fue un éxito para los republicanos, ya que de algún modo se decidió diferir el asalto a la capital para otro momento más propicio, mi padre conoció a un muchacho. Creo que se llamaba Paquito, que era de aquí, de Oropesa, y que se trasladó a Madrid antes de que empezara la guerra. Vivía con su hermana Ramona y con dos primos. Cuando los franquistas abandonaron la ciudad en dirección a Cataluña, Paquito se trajo a mi padre a su casa, donde le faltó poco para perder la cabeza por su hermana e incluso ser correspondido. Después sucedieron muchas cosas, cosas tremendas. Para no alargarme, le diré que al final de la guerra, mi padre consiguió salir por Francia y volvió a América llevándose una promesa hecha en esos momentos en los que resulta fácil dejar las palabras en manos del futuro.

—¿Que iba a volver a España? —intentó adivinar Aitana, que ahora bebía las palabras que salían de los labios de Nicholas, como una dama de hace muchos siglos ante un trovador que aliviara las largas tardes de verano de los señores feudales de La Mancha.

—No. Que iba a tener hijos a los que enseñaría español, como prueba del amor que profesaba a una tierra y a una mujer que el destino le había arrebatado y le había impedido amar como hubiera sido su deseo.

—¿Y Ramona?

—¿No tiene usted un poco de hambre?

El artesonado de estilo gótico-mudéjar del comedor estaba en perfecta armonía con su conversación, mientras que al fondo de la espaciosa sala perfumada por la madera envejecida, y adornadas las paredes con cerámica de fondo verde, se escuchaba como un rumor el ruido de los platos del servicio que llevaban dos camareros a través del salón desierto, hasta su mesa. Eran los únicos clientes en aquel comienzo de otoño manchego, agradable y templado. Se diría que el resto del mundo se había retirado, dejándolos con el Parador y sus viejos muros sólo para ellos.

—¿Cómo está lo suyo? —preguntó Nicholas señalando el plato que la chica recorría con la cuchara, como si fuera una excursión por tierras vírgenes.

—Buenísimo. No sabía que existiese algo así —respondió Aitana mirando el rojo intenso del vino de La Rioja que le esperaba en el fondo del vaso.

—Me parece que su salmorejo es herencia árabe, como lo es también mi Siñabí, un manjar exquisito.

—Supongo que se habrá documentado sobre la gastronomía de la zona. Yo soy española, pero tienen nombres que no había oído en mi vida...

—No. Me ha bastado leer el folleto de presentación del Parador que hay en la habitación. He descubierto cosas que no había encontrado ni en las mejores cosas que tengo en casa.

—La cena es espléndida, pero... ¿piensa usted tenerme en ascuas toda la noche?

—Las mujeres son todas iguales. En cuanto descubren una historia de amor, incluso una mesa como ésta pasa a segundo plano.

—La culpa es suya: no debería haber empezado a contarme la historia de su padre. Ahora no me moriría de curiosidad por saber lo que le pasó a él y a Ramona.

—Es una historia muy larga y no quiero aburrirla.

—Pero sólo estamos en el primer plato y una auténtica comida manchega es como dos o tres comidas normales. Estoy segura de que cuando lleguemos a los postres habrá terminado de contármela y tendrá que seguir hablando... ¡por mucho que todos estos manjares le dejen sin fuerzas para respirar!

—Me imagino que le interesa saber qué pasó con Ramona. Mi padre la vio por última vez en junio del 38. Cuando se decidió la retirada obligatoria de las Brigadas Internacionales, él decidió quedarse en España de clandestino, siguiendo a su amigo Paquito a Cataluña, donde la República intentaba hacer frente a la llegada de los franquistas. Desde allí le escribía a diario cartas llenas de amor, que ella nunca llegó a leer porque las vías de comunicación estaban cortadas por la guerra y el correo funcionaba muy mal.

—¿Usted las ha leído alguna vez?

—¿Qué, las cartas de mi padre? No, tan sólo he oído hablar de ellas. Pero seis meses más tarde, cuando ya no tenía más noticias de Ramona y Barcelona había sido tomada por los rebeldes, se vio obligado a fugarse a Francia junto con miles de prófugos y con su amigo Paquito. Una vez en Francia, se quedó un tiempo en Perpiñán con la esperanza de poder cruzar la frontera a escondidas para ir a buscarla.

—Y ella, ¿qué hizo mientras tanto? —preguntó Aitana mientras uno de los camareros se acercaba a recoger los platos de la menestra, para traerles los siguientes.

—Lo descubrió mucho tiempo después. Hasta el final de la guerra se quedó en Madrid. Cuando, a finales del 39, Franco conquistó la capital y se acabó la guerra, fue de las primeras encarceladas bajo la acusación de subversión política y terrorismo rojo. Mi padre regresó a América, vivió infeliz y desilusionado durante unos años, intentando sobrevivir como muchos otros veteranos de la guerra hacían en aquellos tiempos, hasta que la Segunda Guerra Mundial le ofreció la gran oportunidad... ¡Volver a Europa! Siendo como era un pacifista convencido, se alistó de voluntario. Creo que él llegó a participar en más conflictos que cualquier belicista.

—No me diga que se alistó para ir a buscar...

—Justo —dijo Nicholas sonriendo, mientras el mismo camarero colocaba en la mesa un plato de madera chorreante de quesos manchegos, como un sauce llorón después de una lluvia inesperada—. En cualquier caso, salió indemne de la campaña de Sicilia y de la liberación de media Italia que los nazi-fascistas. Cuando acabó la guerra, como se puede figurar, cambió el uniforme y el fusil por su traje de civil, se subió a uno de los primeros trenes que empezaban a cruzar Europa y llegó hasta la frontera entre Francia y España. Se bajó en Perpiñán, que conocía muy bien, entró sin papeles en España a través de los montes de Cataluña y llegó a Barcelona, donde empezaron las peripecias para localizar a algún compañero de armas, intentando pasar inadvertido por los servicios secretos y la Guardia Civil. Pero ya no había nadie de los tiempos de la Brigada. El único que pudo encontrar fue un paisano de Paquito que no había luchado con ellos en Cataluña, pero que tenía alguna noticia que darle.

—No, yo he pedido paté mixto —dijo Aitana, dirigiéndose al camarero que le había puesto delante un plato artísticamente preparado, compuesto por una carne tierna rodeada de lo que parecían exquisitas verduras a la plancha.

—Permítame decirle, señora, que éste es su plato de paté —dijo amablemente el camarero.

—Vaya, discúlpeme, hay tanta cantidad de comida que no me había enterado...

—No había de qué —contestó el muchacho despidiéndose con una sonrisa sin rastro alguno de conmiseración por la inexperiencia del convidado.

—Se deja usted fascinar por estas historias —dijo Nicholas levantando la copa en la que el rojo del vino filtraba la luz de las antorchas colocadas a lo largo de las paredes.

—La verdad es que me da igual haber quedado mal también delante de usted. Lo único que quiero es conocer el final de la historia.

—Mi padre no llevaba una vida fácil. La policía estaba en todas partes y él, aunque hablase el español perfectamente, tenía un acento americano demasiado fuerte para sentirse seguro con los documentos falsos que había comprado pocos meses después de haber llegado a Cataluña. De todas formas, supo lo que quería saber. Paquito había sobrevivido y vivía escondido en los campos detrás del Tajo.

—¿Y su hermana?

—Ramona había sido asesinada tres meses después de su captura. Junto con dos compañeras, había intentado fugarse en la cárcel y cayó bajo los golpes que le dio un guardia que le perseguía.

—¿Y su padre, qué hizo?

—Creo que se volvió loco de dolor y que estuvo a punto de hacer una locura. Menos mal que el paisano de Paquito y Ramona le dijo que la chica le había confesado, poco antes de ser detenida, que había dejado a la familia un paquete para ser entregado a mi padre, cuando volviera a España a buscarla como le había prometido la última vez que la vio.

—¿Y qué había en el paquete? —preguntó Aitana, que ya había empezado a degustar el paté.

—Lo descubrió muchos años después. Cuando decidió salir para Oropesa a buscar a Paquito, tuvo que dejar España a toda prisa porque la policía estaba a punto de detenerle por algunas declaraciones de gente que lo habían visto y tratado en aquellos meses en Barcelona. Regresó a América e intentó varias veces ponerse en contacto con Paquito, pero sin resultado. Estaba desesperado. Luego conoció a una mujer que estaba dispuesta a quererle, aun sabiendo que su corazón había quedado al otro lado del océano y con ella tuvo un hijo, con el que mantuvo la promesa que había hecho al separarse de Ramona.

—Así se explica que usted hable tan bien español —comentó Aitana con la boca medio llena.

—Mire que acabamos de empezar. Lo más bonito está todavía por venir.

—¿Qué más puede haber?

—Todo el resto. A propósito, ¿no querrá levantarse de la mesa sin haber probado las Floretas y el Alhajú? Son dos postres árabes que no podrá comer en ninguna otra parte del mundo.

—Si sigo pensando en la comida, no podré más.

—Si fuera por mi padre, probablemente no habría sabido nada de todo lo que la estoy contando. Era demasiado delicado y respetaba demasiado a mi madre para consentir que se descubriera esa parte de su pasado sentimental. Cuando se murió, hace dos meses, con noventa y dos años, un notario me dio un sobre que le había entregado. Contenía la llave de un cajetín de la consigna de la estación de la Greyhound, en Chicago, y una tarjeta en la que me decía que no le comunicara a nadie, y menos que a nadie a mi madre, el contenido de la caja del depósito.

—¿Y qué había encontrado usted?

—Un diario que mi padre había ido escribiendo desde los tiempos de la guerra de España hasta unos meses antes de morir.

—¿Y qué decía del paquete?

En aquel instante llegó el camarero con los postres y el vino que Nicholas había escogido, de la interminable carta de vinos de postre.

—Perdóneme usted, pero esto borra el interés de cualquier historia.

Y una vez dicho esto, Nicholas procedió a introducir la cucharilla en las capas de obleas de miel, degustando el vino con el que acompañó la degustación de aquel auténtico pedazo de historia gastronómica...

—Ha sido una buena idea caminar un poco después de todo lo que hemos comido —dijo Nicholas mientras Aitana caminaba a su lado, tambaleándose un poco, a lo largo de la muralla que desde los torreones del castillo bajaba hacia la plaza del antiguo Ayuntamiento y la Iglesia de Nuestra Señora de la Asunción.

—No funcionará. Aunque esté un poco bebida y apenas me tenga de pie, ya hace mucho que he comido, y no piense usted que se va a librar de mí. No le dejaré marcharse a la cama hasta que no me haya contado el final de la historia de su padre —protestó Aitana cogiéndole del brazo, sin pararse a pensar si sería adecuado tomarse este tipo de libertades.

—Es usted muy terca. No la quiero desilusionar. Además, he sido yo el que ha empezado. Todo lo que le he contado, lo leí en el diario que encontré en la estación de autobuses de Chicago. De no ser así, no habría sabido nada. Pero por medio de su diario él quería que, además de enterarme de su pasado, hiciera algo por él cuando él no tuviera ya la posibilidad material de hacerlo. En conclusión, esto es lo que pasó durante un viaje de trabajo que mi padre hizo a Europa. Al acabarse la guerra, mi padre se había puesto a trabajar en una gran empresa en la que había ido ascendiendo, habiendo llegado a encargarse del sector comercial debido a su conocimiento del francés y del español. Al principio de los años setenta, cuando estaba a punto de jubilarse, viajó a Francia para visitar a unos clientes. Terminado el trabajo, cogió un barco rumbo a Barcelona. Los tiempos habían cambiado y la Policía tenía ahora otras cosas en qué pensar, o sea que no tuvo más problemas. Cuando llegó a Oropesa, encontró a Paquito, viejo y debilitado como él, pero todavía con el paquete que la hermana le había entregado para su amor americano. Dentro encontró una carta de Ramona que lo llenó de inquietud y de emoción.

—No pare, se lo ruego —le suplicó Aitana viendo que Nicholas vacilaba, intentando descifrar en la oscuridad una inscripción de azulejos medio borrada que adornaba la fachada destruida de lo que había sido el Colegio de los Jesuitas hasta el siglo XVII.

—En la carta le decía que poco después de haberse separado de él, había sabido que estaba embarazada. El niño había nacido en los días más tristes de la guerra y ella no había podido hacérselo saber a causa de lo que estaba pasando en Cataluña. Luego, cuando la detuvieron, entregaron el niño a una prima de aquí del pueblo que lo cuidó esperando que la madre fuera a recogerlo. La carta estaba escondida en el diario. La he leído tantas veces que me la sé de memoria: "Amor mío, aunque el destino nos haya querido separar, yo seguiré luchando con todas mis fuerzas para que no haya guerra en el mundo que nos impida ser una sola persona para criar juntos lo que nos unirá para siempre. Mi paciencia y mi obstinación sólo ceden al amor que siento por ti. Por eso, te prometo que haré todo lo posible por encontrarte. También para nosotros habrá una tierra donde podamos tener un porvenir"... Pero además, en el paquete también había otra cosa.

—Y su padre, ¿qué había escrito en el diario?

Mientras tanto Aitana y Nicholas, como siguiendo un mapa dibujado en su mente, habían regresado al patio del Parador y miraban desde abajo la torre cuadrada del castillo.

—Nada. Sólo una nota en la última página del último cuaderno. Me decía lo que había en el paquete que había encontrado junto con los diarios.

—¿Ha oído usted? —preguntó Aitana asustada.

—¿Qué?

—El ruido que viene de la torre.

—No oigo nada.

—Mire, ahora se oye de nuevo. Es un ruido metálico.

—Será el guarda. Habrá un guarda en este castillo.

—Seguro que no —Aitana enseñándole un cartel escrito a mano en el que se podía leer.

"Horario de visita: todos los días excepto domingos y festivos de 10.00 a 14.00 h. y de 17.00 a 20.00 h. Si no responden, durante los días de visita, tocar el timbre a la izquierda de la puerta. En los días de cierre y después del horario de visita, dirigirse al personal del Parador."

—Ahí dentro no hay nadie. Es pasada la una...
—Habrá sido un gato.
—¡Otra vez! ¿Pero no lo oye?
—Sí, efectivamente, ahora me ha parecido oír algo... —dijo Nicholas como si quisiera complacer a la chica para no hacerla pasar por una tonta.
—¿Como si alguien estuviera arrastrando algo metálico sobre la piedra?
—Sí, algo parecido.
Venga, a ver si en la pared se oye algo.
Aitana lo cogió de la mano y lo llevó cerca de la planta cuadrangular de la torre, en la que habían labrado la entrada para el público. La chica se acercó a los bloques de piedra de los muros y puso el oído contra la pared, indicando a Nicholas que hiciera otro tanto.
El hombre, en cuanto hizo lo que la muchacha le sugería, se quedó de piedra. Parecía que desde dentro llegara el sonido de un objeto de metal arrastrado sobre la piedra.
—Tiene usted razón. Es como si alguien estuviera arrastrando una cadena de hierro por las escaleras. ¿Pero cómo es posible?
Aitana sintió que un escalofrío le recorría todo el cuerpo y no supo decir si era debido a la repente tensión causada por el ruido o por la cercanía del cuerpo de Nicholas que la miraba con aire perplejo.
—¿Quiere regresar?
—Tal vez sea lo mejor. Es tarde y sería conveniente volver.

Había insistido para ofrecerle una última copa antes de darle las buenas noches. Pero el bar estaba cerrado y la única solución había sido vaciar la mini nevera de la suite, en la que había de todo. Nicholas había sacado dos botellitas de bourbon con dos vasos, y los había colocado sobre una de las mesas vacías en la terraza de la primera planta. Ahora el tamaño del castillo resultaba menos inquietante, porque los focos que lo alumbraban le daban un aire de cuento de hadas que despejaba cualquier sospecha.
—No quisiera asustarla, pero se dice que corren unos extraños rumores acerca del castillo.

—Y usted, ¿cómo lo sabe?

—Estoy aquí por eso.

—¿Por una historia relacionada con el castillo de Oropesa?

—Quisiera escribir algo sobre el asunto. He leído algo sobre ello en un libro bastante curioso y me he sentido atraído por la historia. Es una historia al estilo de Romeo y Julieta, pero del tiempo de las guerras entre moros y cristianos. Y además, hay otro motivo que me interesa más de cerca.

—Aitana había acabado su vaso de bourbon. Había bebido un poco de más y estaba algo trastornada. Le miraba fijamente, con los ojos brillantes y extrañados, como si de los labios de aquel desconocido llegado del otro lado del mar dependiese la posibilidad de que le quedara algo de aire que respirar tras aquella pausa llena de expectativas. Nicholas la miró por un instante. Le pareció muy hermosa, y estuvo a punto de dejarse llevar por el impulso de coger entre sus manos aquella cabeza cubierta de rizos negros y besarla sin ni siquiera preguntarse si a ella también le hubiera gustado.

—Cuando La Mancha y Extremadura estaban en el ojo del huracán de las guerras entre moros y cristianos, una muchacha cristiana y un moro que cumplía servicio en esos parajes se enamoraron hasta la locura, en parte gracias al desorden que reinaba en la región y a la promiscuidad en las relaciones humanas que caracteriza las fases álgidas de cualquier conflicto. Pero cuando el padre descubrió a su hija entre los brazos de un infiel, no lo dudó ni un instante: la encerró en un calabozo de su palacio y le prohibió que viera al joven moro. El muchacho, privado de la luz de sus ojos, empezó a hacer todo lo que estaba a su alcance para intentar ver a su amada y llevársela consigo. Cuando, después de varios intentos inútiles, supo que la muchacha se había dejado morir de hambre, se quitó la vida clavándose su propia espada en la torre del homenaje del castillo. Desde entonces se cuenta que cada año, el aniversario del día en que sucedieron las dos muertes, los dos amantes reaparecen como fantasmas en el castillo y se unen para celebrar su eterno amor.

—Me da vueltas la cabeza —dijo Aitana con un hilo de voz y aire preocupado.

—¿No la habré asustado con esta historia de fantasmas?

—No, no pasa nada. Sólo que he comido y bebido muchísimo... Y no estoy acostumbrada a veladas como ésta.

—Levántese y ande un poco. Sujétese a mi brazo, verá que enseguida se encontrará mejor —le dijo Nicholas con tono de padre preocupado, que dejó de parecerle tal en cuanto sintió el músculo del antebrazo en tensión bajo su mano. Aitana empezaba a recuperarse, pero prefirió prolongar aquel contacto. Le pareció que él también se percataba de su momentánea vacilación.

Cuando regresaron, las antorchas de los pasillos matizaban con reflejos dorados la sombra que envolvía la noche en el interior del castillo. Frente a la puerta de la habitación de Aitana, Nicholas le apartó con amabilidad la mano con la que ella se había dejado llevar y la ayudó a buscar su llave en el bolso. Cuando Aitana acababa de cruzar el umbral, tuvo que luchar con una fuerza irracional que quería empujarle a hacer un gesto que su lado racional nunca habría consentido. Por un instante, Aitana le miró a los ojos. Fue un silencio elocuente en el que se dijeron muchas más cosas de las que se habían dicho a lo largo del día.

Pero sólo se atrevieron a rozarse rápidamente las yemas de los dedos. Luego él se convirtió en una oscura silueta en la oscuridad trémula de los pasillos y ella dejó que la puerta de madera de la habitación le impidiera convertirse en parte de aquella sombra arrebatadora.

—Hacía años que no dormía así... —le dijo Nicholas mientras, desde la mesa en la que acababan de tomar café, miraba cómo los campos de La Mancha se desvanecían tras la neblina que cubría el horizonte y se fundía con una fina capa de nubes al borde de la Sierra de Gredos.

—Por lo menos en su caso, estaba justificado por el cambio horario y el viaje en avión. Yo, en cambio, tendría que avergonzarme.

—¿De qué?

—Anoche me pasé un poco.

—Fue una noche especial, ¿no cree usted?

—Hoy sí que será un día especial: no me levantaba tan tarde desde los años del colegio. ¡Ni siquiera he llegado a tiempo al desayuno!

—Sí que lo será. Venga conmigo, tengo que buscar a una persona.

—¿Y no me quiere decir que había en el paquete, además de la carta?

—Déjeme reservarle la sorpresa para más tarde. A fin de cuentas, es mi trabajo.

Conducía él. Estaban cruzando los extensos olivares que cubren todo el campo entre Oropesa y Puente del Arzobispo. La carretera estaba vacía. De repente una liebre cruzó la carretera de un salto vertiginoso, desvaneciéndose como si hubiera aparecido en un sueño.

—¿Ha visto usted?

—España es uno de los pocos países europeos en el que todavía se pueden ver cosas así.

—España es un país único, créame. Si no existiera yo tampoco habría nacido...

—No le pregunto adónde vamos porque no quiero parecerle demasiado entrometida. Pero sepa que me muero de ganas por saberlo.

—Si se lo dijera, no entendería la relación que hay entre la persona que vamos a buscar y el resto de mi historia.

—Usted es el dramaturgo. Yo sólo soy una investigadora: estudio lo que los demás escriben y no creo que sea capaz de prever las sorpresas.

—¿Sabe usted lo que había en el paquete que Paquito entregó a mi padre veinte años después que su hermana se lo diera?

—Una flor entre las hojas de la carta.

—Había medio plato roto envuelto en un paño de lino.

—¿Medio plato roto?

—Sí. Medio plato roto. Está en la bolsa, en el asiento de atrás.

Aitana se volvió de golpe, cogió el bolso de piel que Nicholas había dejado la noche anterior y sacó un pequeño paquete amarillento. Apartó la tela desgastada que contenía, efectivamente, un trozo de un plato grande, partido por la mitad como si alguien lo hubiera roto con un golpe seco justo en el medio.

—Mírelo bien, por delante y por detrás. ¿Qué ve usted? —le preguntó Nicholas, que no podía darle muchas indicaciones porque habían entrado en un tramo de carretera con curvas peligrosas.

—Hay una escena dibujada.

—Es la parte hueca. El dibujo no se ve muy bien porque el plato es muy antiguo y el verde y el amarillo del fondo se han ido comiendo las pinceladas por encima. Es una verdadera pieza de museo. Si mira bien, arriba, a la izquierda, verá las almenas de una torre. Detrás se asoma una mujer que mira fijamente al frente.

—Tiene usted razón —dijo Aitana observando el plato con atención.

—Ahora dele la vuelta. Por detrás hay algo increíble. ¿Ve esa serie de caracteres? Pues bien, he hecho que lo estudie un experto en Estados Unidos. Tuvo que recurrir a la ayuda de un profesor de árabe, y es que hay una inscripción en árabe que no se puede descifrar del todo porque falta la mitad del plato. Por lo que se puede deducir, parece que tiene algo a que ver con una historia de amor entre una infiel y un musulmán...

—¿La historia de los fantasmas del castillo?

—Justo, pero no se trata de eso. Lo más desconcertante es por qué mi padre encontró sólo la mitad de este plato valiosísimo en el paquete que le había entregado Paquito. Cuando Ramona se dio cuenta de que las cosas iban a peor y que su hijo iba a correr un gran peligro, decidió protegerle antes de que ocurriera algo irremediable y lo confió a su prima que vivía aquí, en Puente del Arzobispo. Ve usted, el pueblo en el que estamos entrando. La mitad del plato era como una señal de reconocimiento. Si hubiera llegado a las manos de mi padre, entonces significaría que ella, Ramona, estaba muerta porque había encargado al hermano entregarle la carta y el plato sólo en el caso de que ella no hubiera podido volver al pueblo a buscar al niño.

—¿Y por qué la mitad del plato?

—Era el objeto más valioso que poseía. Lo partió, entregó una mitad a la prima a la que había confiado el niño y la otra se la dejó a mi padre. Le serviría como señal de reconocimiento para la familia de ella, si algún día iba a recoger al niño.

—¿Y su padre?

—No consigo imaginarme lo que pudo llegar a pensar en aquel momento. Se enteró en un solo instante que la mujer que había querido toda su vida estaba muerta, y que en algún lugar del mundo había un hombre de treinta y cinco años que era su propio hijo, el hijo de aquel amor destrozado por la Historia...

—¿Fue a buscar a su hijo?

—Eso también parece una novela. Como mi padre no quiso abrir el paquete por miedo a encontrar cosas que no tenía el valor de asumir después de tantos años, resistió a la curiosidad hasta unos meses antes de morirse. Cuando se enteró que tenía leucemia y que no podría salvarse, abrió el paquete que Paquito le había entregado y descubrió todo lo que había pasado. Todo esto hace unos tres meses...

—Nunca había escuchado una historia semejante.

A veces la fantasía de quien inventa historias para entretener a la gente no es más que un triste calco de la realidad.

—Y no me diga que ahora vamos a buscar...

—Se lo prometí a mi padre. Antes de morirse me hizo prometer que cumpliría lo que me estaba pidiendo. Al principio no entendí muy bien lo que quería decirme. Luego, cuando abrí la caja en la estación de Chicago, lo comprendí todo. Debajo de aquel paño de lino que ahora usted tiene en sus manos, no había sólo un plato. Mi padre había metido también una tarjeta escrita a mano en la que me explicaba lo que me había pedido cuando estaba muriéndose: tenía que venir a España, aquí, a este lugar, para buscar a la gente que crió a su hijo. Y tenía que hacerlo presentándome con el trozo de plato como señal de reconocimiento. Sería suficiente, y nadie me pediría más explicaciones, porque sólo mi padre podía poseer una de las dos mitades.

—¿Me está usted diciendo que su padre ha aguantado durante todo ese tiempo sin abrir el paquete?

—Vivió veinticinco años después de lo sucedido, protegiéndonos a mí y a mi madre de un pasado que no habríamos podido entender ni, tal vez, aceptar. Murió obligado a llevarse consigo para siempre un secreto que no ha tenido el valor de contarme ni siquiera el día en que cerró los ojos por última vez. Al revés, me pareció que me miraba con cierto alivio, como si se hubiera quitado un peso de encima y pudiese empezar ese largo viaje en paz consigo mismo. Algún tiempo después, en Chicago, entendí el porqué de aquella expresión.

Aparcó en una era desolada, el único espacio asfaltado en el interior de una granja que parecía el escenario de una película sobre la vida de un puñado de supervivientes de una catástrofe nuclear, Nicholas y Aitana bajaron del coche buscando a su alrededor algún rastro de vida.

Llamaron a la puerta de madera, con una gran aldaba colgada en el centro. Parecía que las tablas, levantadas, se iban a desplomar con sólo levantarse la voz. Con el hierro oxidado, la puerta se tambaleaba sobre las jambas, dejando que un eco siniestro resonase en el espacio evidentemente vacío del interior de la casa, volviendo luego a colarse, como por duplicado, a través de los agujeros de la madera carcomida.

Estaban a punto de regresar al coche, desilusionados, cuando una voz los llamó materializándose desde el vacío que se abría a sus espaldas como una almohada inmaterial colocada a propósito para atenuar los ruidos de la memoria.

—¿Qué se les ofrece?

Nicholas miró por el espejo retrovisor y vio la cara de un viejo, destrozada por el paso de los años, y que parecía una auténtica momia por esa permanente sonrisa maliciosa que le daba la falta de dentadura. Nicholas volvió a bajarse del coche. Se acercó al viejo y le enseñó el plato roto, sin ni siquiera acompañar el gesto de un mínimo intento de comunicación.

—Aquí no trabajamos la cerámica. Somos los únicos de los alrededores. Tienen que ir abajo, al Puente, que allí hay mucha.

Nicholas se le acercó entonces con aire amenazador, poniéndole el trozo de plato delante de los ojos. Aitana hubiera querido decir algo por miedo a que la intensidad de las emociones acumuladas lo empujara, con tal de conseguir algo de información, a emplear con el viejo unos medios no del todo correctos.

—Entiendo, entiendo —dijo entonces el viejo, abriendo la boca sólo por un lado y acentuando todavía más el aspecto siniestro que presentaba. Vayan ustedes a hablar con el guarda del castillo de Oropesa. Es mi... Es hijo de una parienta, una roja que murió en la cárcel cuando estaban los fascistas y nos dejó, a mi mujer y a mí, un niño que cuidar porque tenía miedo que le pudiera pasar algo malo.

Nicholas cogió entonces a Aitana, que había asistido muda a la escena, y la hizo subir al coche. Mientras las ruedas patinaban sobre la grava de la carretera que comunicaba la granja con la carretera comarcal, escuchó al viejo, desde el fondo de su interminable garganta, pronunciar unas palabras de las que no logró comprender el sentido, sofocadas como estaban por el ruido del motor y el sonido de la grava al chocar contra el chasis del coche.

Aitana, que se había asomado por la ventanilla al darse cuenta de que el viejo estaba diciéndoles algo que podía interesarles, escuchó que gritaba al viento:

—¡No le digan nada, déjenlo en paz! Ha vivido durante sesenta años sin saber nada. ¡Déjenlo en paz!

Nicholas recorrió a toda velocidad los diez kilómetros que los separaban de Oropesa. Los escasos minutos que duró el trayecto, Aitana los pasó maldiciendo el momento en que el departamento había pensado en ella para toda aquella historia. Ahora que podía acabar en un barranco con la cabeza rota contra el parabrisas, lamentaba el hecho de haberlo aceptado.

Entraron en el aparcamiento del Parador con un frenazo brusco y un sonoro patinazo de las ruedas. Nicholas bajó del coche como un relámpago, ni siquiera miró a Aitana y empezó a subir a toda prisa la cuesta que desde la entrada del edificio, convertido ahora en hotel, llevaba hasta la torre cuadrangular. Allí Aitana lo vio desaparecer tras la puerta de madera en la que, la noche anterior, habían leído el cartel con los horarios de visita.

Cuando le alcanzó en lo alto de la torre, le encontró parado delante de un hombre que, a su vez, le miraba fijamente, como si una fuerza oscura procedente del interior de la tierra le hubiese endurecido la lengua en la garganta con una erupción de ceniza incandescente. Aitana lo miró también, incapaz de creer lo que estaba viendo. Aquel hombre, si se le quitaban las canas y unos cuantos kilos de más repartidos en las mejillas y en el cuerpo, era la copia exacta de Nicholas.

—¿Reconoces esto? —le dijo el americano con aspereza, enseñándole el trozo de plato roto.

—Lo siento, pero tengo mucho que hacer —contestó la copia avejentada de Nicholas, saliendo de la torre.

Cuando Nicholas y Aitana salieron a su vez, para ver dónde se había metido, sólo se encontraron el espectáculo desierto de los almenares de la muralla. Regresaron sobre sus pasos, pero Nicholas la detuvo de repente, indicándole una masa oscura medio escondida bajo una manta en uno de los nichos que en otros tiempos habían sido utilizados para defender la fortaleza.

—¡Mira! —le dijo atemorizado, aquí están las cadenas que oímos anoche.

En aquel momento, desde el interior de la torre, se escuchó un grito sofocado, como de un animal herido a muerte por su verdugo entre las paredes anónimas de un matadero.

Cuando entraron, se encontraron con un espectáculo que ni siquiera la más macabra fantasía habría podido prever como final de aquella aventura. El hombre que tenía la cara y el cuerpo de Nicholas, pero con unos años y unos kilos de más, estaba en el suelo en un charco de sangre, con una cimitarra clavada en el vientre.

Nicholas se despertó, sobresaltado. Abrió las contraventanas de madera y vio que la luz de los campos quemados por el sol proyectaba ya sombras interminables sobre el suelo. Entró en el cuarto de baño, se aclaró abundantemente la cara y metió la cabeza bajo el chorro de agua fría. Sólo entonces se dio cuenta de que todo había sido una siniestra pesadilla.

Después de comer, y a pesar de que habían dormido toda la mañana casi hasta la una, el abundante almuerzo al aire libre, y sobre todo la botella de Marqués de Cáceres, que puso a prueba su resistencia tras la cena monumental de la noche anterior, les aconsejó una siesta ulterior, antes de ir en busca de los padres adoptivos del presunto hermanastro. Nicholas se afeitó cuidadosamente, se duchó y se vistió. Cuando vio entrar a Aitana en la cafetería en la que las mesas y las sillas bajas, de poco más de unos veinte centímetros, recordaban las costumbres de un lejano pasado enterrado en la memoria, la desagradable sensación del despertar tras la dolorosa pesadilla desapareció de golpe, borrada por la visión de una mujer que poco tenía que ver con la muchacha, nada fea por cierto, con la que había pasado las últimas horas. Aitana se había puesto un traje negro corto, sin mangas. Le dejaba a la vista la piel hermosísima, que resaltaba más aún gracias al bronceado adquirido durante la estación veraniega que acababa de terminar. Todo aquello hacía su figura más deslumbrante aún en la penumbra del local desierto.

En aquel instante comprendió lo que sentía por ella. Le hubiera gustado decírselo, cogiéndola entre sus brazos para ahogarse en el perfume solar que su piel desprendía incluso de lejos, pero no tuvo valor. Lo habría tenido de no haber sido por el asunto que le torturaba por dentro, por la idea de que dentro de poco iba a encontrar al hijo que su padre había descubierto después de cincuenta años, el adulto que, por lo menos en parte, había llevado consigo, durante todo ese tiempo, una parte de código genético idéntico al suyo, pero ignorando que al otro lado del océano y de los libros de Historia tenía un hermanastro que también desconocía su existencia.

Cuando entraron en el castillo, salió a recibirles un muchacho que les dio dos billetes, ofreciéndose a acompañarles a una visita guiada por el castillo.

—La verdad es que estamos buscando al guarda —dijo Nicholas con prudencia, por miedo a ofenderle.

—Mi padre está en Madrid por una reunión del personal de los Paradores de España. Vuelve dentro de tres días. Pero todo lo que él les pueda contar, se lo puedo contar yo, de verdad.

—El caso es que tendría que hablar con tu padre. En fin, volveré otro día —dijo Nicholas, sacando un billete de dos mil pesetas y metiéndoselo en las manos del muchacho, asombrado, que esperaba que le diera las trescientas pesetas que valía la entrada.

—O tal vez en otra vida —le murmuró suavemente Aitana al oído, que había asistido inmóvil a la conversación.

Subir a la torre no era nada fácil, sobre todo para Aitana que llevaba zapatos de tacón y tenía que hacer auténticos equilibrismos para no quedar pillada entre las piedras de los escalones tallados en la roca.

—¿Ha oído usted? —dijo de repente mirando hacia arriba, mientras Nicholas la precedía en la dura subida que iban haciendo con la cabeza agachada para no golpear contra el techo, muy bajo, de aquel estrecho túnel.

—¿Qué? —dijo él sin volverse hacia atrás.

—El ruido de las cadenas. Otra vez, como anoche.

—Es verdad. Pero esta vez parece más débil, como si viniera de otro punto del castillo y no de la torre en la que estamos.

—Espéreme, se lo ruego. No creo en las historias de fantasmas, pero le juro que se me ha puesto la piel de gallina. ¿No será que nos hemos imaginado el ruido porque queremos escucharlo?

—A mí me ha parecido escucharlo de verdad.

—Mire, ahora es más fuerte —dijo Aitana con la voz un poco baja, y encogiendo los hombros como si una ráfaga de aire frío se hubiera colado por allí.

Nicholas la esperó y la hizo pasar por delante de él. El pasaje era tan estrecho que, al dejarle paso, sus cuerpos se rozaron por un instante. Nicholas notó un impulso tan fuerte en su irracionalidad, que le hizo olvidar la razón por la que se encontraba en aquel lugar del mundo en aquel preciso instante. Si le hubieran dicho que la única razón de su presencia allí era encontrarse con aquella piel tostada por el sol que olía a naranjas y limones, lo habría dado todo por bueno.

Cuando volvieron a salir al aire libre, se les ofreció un espectáculo majestuoso. Desde lo alto de la torre del homenaje, cuadrangular y asimétrica con respecto a las demás torres del castillo, la vista llegaba hasta donde el cielo se fundía con la línea borrosa del horizonte, dejando que un borde deshilachado de nubes engastadas de fuego anunciaran el final del día.

Nicholas miró a Aitana a los ojos e hizo lo que no había hecho en todas aquellas horas que habían pasado juntos. La apretó fuerte contra él y le dio el beso que había ido creciendo tras una larga represión y anunciaba un ardor capaz de curar cualquier herida que no se hubiera cerrado hasta aquel entonces, en lo más hondo de su corazón.

—¿Por qué no los dejamos en paz a todos? —le preguntó Aitana deshaciéndose del abrazo impetuoso y cogiéndole del bolsillo, con un gesto rápido, la bolsa que contenía el trozo de plato—. Tu padre murió sin haber visto nunca el hijo de la mujer que tanto había querido. Tú has mantenido tu promesa y no tienes necesidad de atormentarte con heridas que no son tuyas. Y este plato no volverá nunca a estar completo.

Y diciendo eso, sacó el plato roto de la bolsa de lino que lo contenía, lo agarró con las manos como si hubiera sido el instrumento de un discóbolo y lo lanzó al vuelo, volviéndose sobre sí misma para dar mayor impulso al lanzamiento. Nicholas se asomó al antepecho y por un momento Aitana tuvo la sensación que estaba a punto de saltarlas sobre las almenas y tirarse al vuelo para impedir que el objeto se aplastara contra el suelo. Luego, cuando se acercó a él, vio que en su rostro se había dibujado una expresión de alivio. Con las manos juntas, siguieron la parábola del medio plato que, después de haber dibujado una curva perfecta en el aire, fue a parar al pequeño muro que separaba la zona de la piscina del parador de los jardines abiertos debajo del terraplén de sujeción de los pilares del castillo. Se rompió en mil pedazos, que se dispersaron en todas las direcciones.

Cuando se presentaron abrazados ante el mostrador del conserje para recuperar la llave de la suite que él había dejado en el tablero en previsión de una cena en algún lugar de los alrededores, el hombre que estaba de servicio en aquel momento, se la entregó con un gesto ceremonioso, como si hubiera sido el oficiante de un ritual pagano a punto de consumarse.

—Señor Parry, veo aquí una nota a su nombre. ¿Es usted el señor Parry, no es así?

—Así es, y me siento mejor que nunca —contestó Nicholas.

—Hemos recibido confirmación positiva de todas las reservas que había hecho usted en nuestros Paradores del resto del país.

—Perfecto —comentó brevemente Nicholas al ver que Aitana le miraba con aire interrogativo, como si de repente hubiera tenido la sospecha de no ser ella el centro de sus pensamientos, sino sólo una suerte de agradable aperitivo que precedía algo de lo que ella se sentía excluida.

—Me he permitido organizar unas pequeñas vacaciones. Para agradecerte tu amabilidad en estos dos días. He pensado que una vuelta por España, viajando de Parador en Parador, podría sentarte bien. A ti y a mí. Próxima parada, Guadalupe, luego Jarandilla y después Trujillo, Mérida, Cáceres...

Aitana no dijo nada. Se limitó a abrazarle lo más fuerte que podía mientras él la llevaba hasta el ascensor sin dejar que ella se diera cuenta.

Cuando la puerta mecánica estaba a punto de cerrarse tras ellos, Nicholas tuvo que apartarse de ella y apretar el botón de parada, al oír la voz del conserje que le llamaba.

—¡Señor Parry! ¡Señor Parry!

—Sí —dijo Nicholas asomando sólo la cabeza, como para darle a entender que no podía dejar lo que estaba haciendo.

—Se me olvidaba decirle que hoy ha llamado su hermano diciendo que se pasaría más tarde por aquí.

Pero al conserje no le dio tiempo a ver la expresión de la cara que puso el cliente, ni a comprobar que lo había entendido porque la cabeza de Nicholas desapareció tras la puerta del ascensor.

El último romántico
Santiago de Arriba Manrique

Benigno Vega bajó con parsimonia del coche de caballos. El pavimento de la calle Bailén refulgía cegador al sol del estío. Acostumbrado al viejo gabán y su legendario sombrero de fieltro, se sentía incómodo en el uniforme de Teniente Coronel del arma de Caballería. A largos pasos se acercó hasta el puesto de guardia del Real Cuerpo de Alabarderos, donde se cuadraron sin imaginar que bajo la vestimenta castrense se desenvolvía el Comisario Regio para el Turismo. Junto a las escalinatas de Palacio le recibió cortés el secretario personal del Rey, y unos metros más allá le abrazó efusivo un gran amigo.

Emilio María de Torres tocó dos veces con su sello en la pesada puerta de roble pintada en blanco y pan de oro. Esperó antes de abrir y anunciar:

—Majestad, el Marqués de la Vega-Inclán.

Alfonso XIII estaba tomando notas de varios libros abiertos sobre el escritorio. Dejó la pluma y se levantó para saludarle.

—Querido amigo Vega, tengo que comunicarle que me ha convencido.

El Marqués arqueó las cejas antes de encoger el bigote. El Rey observaba divertido su perplejidad.

—Sí, Vega. El Ayuntamiento nos cede los terrenos para convertirlos en Coto Real y podrá comenzar las obras de inmediato.

Benigno Vega se quedó aturdido intentando colegir a cuál de los numerosos proyectos presentados al Gobierno podría referirse el monarca, que continuaba sonriente.

—Señor Comisario, usted ya sabe que yo también estoy enamorado de Gredos —dijo el Rey atusándose las gulas del bigote y riendo al fin abiertamente.

Al Marqués se le encendió una hoguera tras las lentes y únicamente alcanzó a musitar:

—Majestad, ¿voy a poder construir el Parador en el Alto del Risquillo?

—En efecto, Vega. Y debe hacerlo pronto. Estoy ansioso por cobrar alguna pieza entre los riscos y cascadas de la sierra. Incluso si no es un macho de "capra hispánica" —al nombrar al animal falseó la voz guiñando un ojo al Marqués. A continuación se irguió recuperando la compostura—. Mañana recibirá en la Comisaría el texto con la disposición del Gobierno. La próxima vez que nos encontremos deberá darme fechas. Ya sabe, amigo Vega, manos a la obra.

Quizá el mayor logro de Benigno Vega fuese cultivar un nutrido grupo de variopintos amigos que enriquecieron cada uno de sus días. Julio de Benalúa, Duque de San Pedro de Galatino, que fue inseparable compañero del Marqués desde la adolescencia, le consideraba un visionario renacentista. El gran pintor Joaquín Sorolla le llamaba hermano. Manuel Bartolomé Cossío, iniciador de la ciclópea *Summa Apis*, decía que si el Romanticismo español no hubiera existido, él lo habría inventado. Gregorio Marañón se complacía en equipararle, en porte y sabiduría, a los antiguos filósofos griegos. Y a José de Saavedra y Salamanca, Marqués de Viana, le gustaba referir la siguiente anécdota: durante su boda fueron sorprendidos por un tremendo aguacero y Benigno Vega no dudó en tender su abrigo sobre un charco para evitar que la novia mancillara su blancura. Ante todo, y quizás por todo ello, era un hombre de palabra: entregó el edificio varios meses antes de cumplirse los dos años desde el encargo real.

El Parador Nacional de Gredos comenzó a albergar turistas, en su mayoría británicos y norteamericanos, durante la primavera de 1928. Fue la muy afamada y antigua Casa Lhardy de Madrid la encargada de alimentarles con deleite. La intuición y el tesón del Marqués, enfrentando el criterio de los técnicos, habían creado un edificio singular. Construido en forma de letra "L" con gruesos bloques de granito y coronado por un tejado de reminiscencias alpinas poblado de hermosas chimeneas, no era típicamente castellano pero sí conseguía mimetizarse con el medio. Situado a 1.650 metros sobre el nivel del mar en el término municipal de Navarredonda de la Sierra, el Puerto del Alto del Risquillo ofrecía una impresionante panorámica del macizo sur oriental de la Sierra de Gredos: desde la izquierda recortaban el horizonte los cerros de Cabezolaparra y Guisando, pasando por el afilado Puerto del Pico hacia el majestuoso Almanzor y la sugerente Galana desmayándose a la derecha. En primer término la roca desnuda y agreste moteada de piorno y escoba verdes, helechos anaranjados y algunos chopos y robles que aportaban a la mirada los matices del otoño. A media distancia se apreciaban algunos pinares que cobijaban la mayor parte de la fauna fácilmente visible por el andariego: conejos, zorros, venados, jabalíes y rapaces.

El día nueve de octubre de mil novecientos veintiocho fue inaugurado oficialmente por el Rey Alfonso XIII, quien pudo hacer un alto en su ajetreada actividad para honrar la invitación del Marqués y almorzar junto a un reducido número de personas. Mientras esperaban la llegada del monarca, los invitados dialogaban animadamente y los camareros servían bebidas en grandes bandejas de plata. Benigno Vega se abría paso por el salón, entre parabienes y saludos, con la mirada fija en la enorme espalda de su más querido amigo y benefactor: Archer Milton Huntington. Más de treinta años cimentaban la amistad de estos dos modernos patricios. El soñador neoyorquino había fundado, con la inestimable ayuda del soñador vallisoletano, "The Hispanic Society of America" de Nueva York en los albores del siglo. Enamorado de lo español hasta el delirio, había traducido varias obras medievales al inglés, siendo el primero que se atrevió con el *Poema del Mío Cid*. Promovió junto al Marqués, y financió, la Casa Museo del Greco en Toledo. Compartieron, con sabio respeto y plena libertad, un sinfín de obras y múltiples diversiones. Huntington se giró a tiempo de sonreír y abrazar como un oso a su camarada.

—¿Cómo va esa salud, Benigno? —dijo mientras cogía una copa de Jerez de la bandeja ofrecida por un camarero con librea.

—Renqueante, Archer, renqueante —el Marqués se decidió por el Oporto—. Como de costumbre, las tripas sueltas, acechante la gripe y el reúma que ataca indesmayable. Con todo, buen amigo, eso a mi edad son bagatelas. Pero la cabronada del General Primo de Rivera suprimiendo la Comisaría me resulta más difícil de digerir que un morteruelo manchego.

—Fue un hecho lamentable, Benigno, pero no debe preocuparse. A usted no le erigirán estatuas ni después de muerto. No pondrán su nombre ni a una calleja de un remoto pueblecito. ¿Y sabe por qué? —dijo Huntington mirando profundamente los ojos del Marqués—. Porque es usted de las pocas personas que realmente lo merecen. Y además, hombre de Dios, es usted un adelantado a su tiempo —puso la mano encima del hombro de Vega-Inclán y sentenció—: por supuesto, usted conoce mejor que yo a sus compatriotas, pero permítame opinar que en España no se perdona esa mezcolanza.

El Marqués atendía sorprendido por la inusual vehemencia en las palabras de su amigo.

—Usted desconfía de las condecoraciones y de los homenajes. Lo único que respeta es la belleza, la bonhomía, la obra de arte, el avance científico, la inteligencia viva. Pues bien, este magnífico Parador es un ejemplo de lo que considero irreversible: la transformación definitiva de este gran país en una nación moderna, digamos en dos o tres generaciones. ¿A qué estatuas, calles u homenajes?

—Respecto al reconocimiento popular, al menos no han intentado quemarme vivo —contestó con sorna el Marqués— por lo que se refiere al Parador, es indudable que hemos hecho un gran trabajo en un plazo muy breve y me siento legítimamente envanecido. De veras.

—Benigno Vega se permitió un gesto de autocomplacencia.— En cuanto al futuro, Archer, queda mucho por hacer.

Y toda obra precursora lleva aparejada la lucha contra las resistencias rutinarias, los intereses creados, las ignorancias, las codicias y la miseria espiritual. Por otra parte, no estoy muy seguro de que España atesore, en los actuales momentos de incertidumbre política con la dictadura, las energías necesariamente convergentes para lograr dar el gran salto adelante.

Huntington asintió.

—Puede que lleve usted razón. La Historia transcurre a veces muy despacio.

El Marqués comenzó a mirar inquieto en derredor del salón.

—¿Y bien, Archer, dónde está Anna? Ardo en deseos de enseñarle las fotografías de su vigorosa estatua al Cid instalada para la Exposición Hispano-Americana de Sevilla.

Huntington carraspeó antes de contestar.

—Arriba, en la habitación, acicalándose junto a la viuda de Benavides.

Benigno Vega torció ostensiblemente el gesto.

—¿Junto a quién?

—Oh, una amiga de Anna que enviudó hace tres años. Su marido era un millonario colombiano, por eso Carla habla español con un acento tan dulce —Benigno Vega aflojó la mandíbula y el americano aprovechó el momento—. Me he tomado la libertad de invitarla porque estoy seguro de que le agradará.

El administrador del Parador reclamó la atención del Marqués.

—Disculpe, Archer, pero el Rey está a punto de llegar.

Huntington palmeó los hombros de Vega.

—Nos veremos al acabar la comida. Disfrute de la merecida gloria, que siempre es efímera.

Pero Benigno no iba pensando en gloria alguna, sino en Carla.

Alfonso XIII, entusiasta piloto, llegó conduciendo su automóvil desde Ávila fascinado por la sinuosidad de la carretera. Le acompañaban el Duque de Miranda y otros dos vehículos de escolta. En la puerta de sillería del siglo XVI, traída de cualquier palacio en ruinas, le esperaba el Marqués de la Vega-Inclán, con quien se fundió en un sentido abrazo. Tras asearse se dirigió al comedor donde fue recibido por una atronadora salva de aplausos y gritos de apoyo.

—No sabría decir si tanto entusiasmo lo provoca mi presencia o el ansia por gozar de la maravillosa cocina y la exquisita repostería que mi abuela, casi a hurtadillas, me enseñó a amar siendo niño.

Permítanme comenzar este improvisado discurso con una cita que tomo prestada de un gran intelectual español y republicano. "En 1898 no sólo perdimos las colonias. Perdimos también la idea de España, me temo que de forma lenta e irreversible". Ante algunos acontecimientos, yo mismo llego a sucumbir a su lapidaria certidumbre. Pero entonces recuerdo a españoles leales, generosos y altruistas como el artífice de esta gran obra que hoy inauguramos, don Benigno Vega, Marqués de la Vega-Inclán. Ellos me hacen concebir, incluso en los momentos más amargos, la esperanza de que todos los españoles unamos orgullosos nuestras fuerzas, dejando a un lado las diferencias, con el único objetivo de engrandecer España dentro y fuera de nuestras fronteras.

El entonces Teniente Vega me hizo notar hace más de dos décadas algo que ahora comprendo en toda su extensión: el turismo es nuestra mayor fuente de riqueza económica y cultural para el futuro. El Parador

Nacional de Gredos es el primero. Avanzados van el de Oropesa, cerca de aquí, en la provincia de Toledo, y el de Mérida, en Badajoz. Y según mejoremos las carreteras, deberán seguir salpicando nuestra geografía para que el viajero encuentre buen reposo y mejor yantar mientras recorre el país disfrutando de las múltiples maravillas que deparan nuestra naturaleza, nuestro arte, nuestra historia y nuestra gastronomía. Señoras, señores —el Rey levantó la copa de vino Cebreros— por el bien de las generaciones venideras, aumentemos la belleza y el esplendor de nuestras tierras.

Todos los invitados levantaron sus copas refrendando con entusiasmo el brindis regio. El Rey presidía la mesa principal, que compartía con Miranda, Monsalud, Beñalúa y Vega-Inclán. Otras seis mesas de seis plazas se distribuían a lo largo del comedor, del que destacaban la luminosidad, las desnudas columnas de granito, el artesonado de madera, la recia piedra en los suelos y los grandes planos que incitaban al viajero con sus variados itinerarios. Los camareros comenzaron a servir variados entremeses. El Marqués tenía una mala perspectiva para observar a Carla. Si lo hacía directamente, la forzada postura indicaba con claridad el blanco de su mirada. Para su decepción, disimulando hasta rozar la evidencia únicamente conseguía atisbar parte de su rostro. Desfilaron unos delicados "Huevos al plato con manteca negra" y un "Navarin de ternera Boquetier" acompañados del recio vino de la comarca. Para entonces la fusión mental de las imágenes incompletas iban conformando una idea de Carla. Benigno Vega se desanimó al calcular en cuarenta y cinco sus años, pero se sentía demasiado atraído por la finura de su boca y el esplendor de los ojos que imaginaba verdes. Tras engullir un "Entrecot Grille" con patatas fritas y ensalada, se impuso el deseo y forzó la situación al saludar a Carla con una leve inclinación de cabeza. Aunque se supo observado, se sintió aliviado cuando ella sonrió al levantar su copa y dio por bueno el riesgo corrido.

Benalúa hizo una seña a Monsalud mientras decía a Benigno Vega:

—Vaya, Benigno, veo que no pierdes la forma. Esa mujer está seriamente interesada por ti.

—Bueno, eso habrá que verlo —contestó el Marqués.

—Eso está visto para sentencia —repuso Monsalud.

—Yo diría que cuento con permiso para iniciar el galanteo. Pero dejémonos de cháchara. La dama no debe pensar que se habla de ella en la mesa. Resultaría grosero y embarazoso.

Benigno Vega estaba crecido pero no miró a Carla mientras se solazaba con las "Conversaciones de almendra". Gracias a un titánico esfuerzo tampoco lo hizo con los sabrosos quesos y las variadas frutas que cerraban el banquete.

En el salón contiguo al comedor se sirvieron licores y cigarros. Había llegado el momento de conocerla.

—Anna, estás preciosa —después de besar su mano le tendió un sobre con las fotografías— Señora...

—¡Ah, perdonen! —reaccionó Anna —la señora Carla Sinclair, viuda de Benavides, el señor Benigno Vega, Marqués de la Vega-Inclán.

Carla se inclinó y el Marqués tomó su mano acercando su boca sin llegar a rozarla.

—Anna me ha hablado muchísimo de usted. ¿Es cierto que ha hecho tantas cosas?

Al Marqués le pareció que la pregunta trascendía la mera cortesía al sincero interés, Archer Milton Huntington intervino al percibirlo.

—Gran discurso el del Rey.

En efecto —contestó el Marqués—. Recuerde que nuestro muy querido Sorolla, quien no era precisamente monárquico, dijo de él: "Jamás ha tenido España un Rey con mejor sentido ni mejor dispuesto al bien y prosperidad de la Nación, pero ésta se estrella por la prole de charlatanes y sofistas vivos unos y tontos los más". La pena es que tenga que partir a Palacio, pero su presencia aquí significa más para mí que todas las estatuas de las que usted hablaba antes.

Ahora, disfrutemos un rato de la conversación junto a la chimenea.

Cuando tomaron asiento, la cercanía de Carla le ayudaba incluso a hacer la digestión.

—Bueno, Carla, voy a contarle quién es nuestro anfitrión. Un hombre que cada vez que tenía un sueño, en lugar de despertarse, intentaba hacerlo realidad. Algunas veces lo consiguió y otras muchas no. Pero nunca se desanimó porque intentarlo le parecía lo más importante de cada momento y eso le hacía feliz. Sus obras son numerosas aunque yo destacaría el Museo y la Casa del Greco en Toledo, la Institución Cervantina de Valladolid, el barrio de Santa Cruz de Sevilla, el Museo Romántico de Madrid y... este Parador. Ha diseñado jardines, ha organizado decenas de exposiciones y ha sido condecorado en España, Francia, Bélgica o los Estados Unidos.

—Basta Archer, mi vanidad ya está colmada —repuso cínico el Marqués.

—Pues eso no es nada, amiga Carla. Fue militar con gran arrojo, político entusiasta, eficaz diplomático y es buen pintor de retratos y escritor con mucho ingenio. Pero, sobre todo, ha sido y es el más ferviente defensor e impulsor de la cultura y el arte popular español a través del mundo.

—¡Bravo Archer! —jaleó Anna.

—Sí, ¡bravo! Estoy deslumbrada, Marqués —dijo Carla.

—Queda por decir —prosiguió Huntington— que Benigno es el hombre más sabio que he conocido. Él sabía que para realizar sus utopías debía permanecer solo, y siendo muy joven decidió no tener esposa ni hijos. Que se haya mantenido firme en el empeño es un motivo más de admiración por mi parte —Carla movió nerviosa los labios sin saber dónde mirar al tiempo que los demás reían la ocurrencia de Archer.

Un militar se aproximó a ellos:

—Señor Marqués, su Majestad regresa a Palacio.

—Voy con usted —azarado, se despidió de sus amigos—. Excúsenme, volveré en cuanto me sea posible.

Al seguir como un sonámbulo los pasos del uniformado sintió que su perfume se le había enroscado en la pituitaria. No sólo la pensaba sino que no podía dejar de olerla.

Varios minutos más tarde Benigno Vega terminaba de estrechar la última mano y su corazón palpitaba como el de un jovenzuelo. Regresó casi al trote junto a Carla. Los Huntington hablaban divertidos con Benalúa y ella observaba ensimismada a través de los amplios ventanales los caprichosos juegos de las nubes entre las montañas.

—Espero que le haya satisfecho el Parador, señora. Acerquémonos a Anna, Archer y Julio.

—Gustosa, Marqués. Creo que esta sierra es uno de los lugares más lindos que jamás vi.

Benalúa se despidió, ya que tenía previsto pernoctar en Madrid. El Marqués estaba tan emocionado por la presencia de su Rey en el Parador, que tuvo que esforzarse por no derramar lágrimas al recibir la sincera felicitación de Julio. Lo importante era que el Parador funcionaba y que Carla había quedado fascinada por el gusto y la inteligencia empleadas en él.

—En menos de una hora debo dejarles, ya que tengo una reunión inaplazable con representantes de asociaciones montañeras, sindicatos y clubes alpinos de la zona. Sin ellos no estaríamos hoy aquí. Excluida la opción de emprender una saludable excursión por el monte, no se me ocurre qué podríamos hacer para pasar el tiempo.

—Podemos jugar a naipes o al dominó —propuso Anna Hyatt.

—Tengo una idea mejor. Espérenme aquí. Enseguida vuelvo.

—Es una mujer prodigiosa. ¿Con qué nos sorprenderá ahora? —dijo Archer a Anna.

—No sé. Carla es capaz de cualquier cosa en cualquier momento y en el lugar más insospechado.

—Tengo que agradecerles, queridos amigos, que hayan asistido a esta comida y, sobre todo, que hayan tenido la infinita delicadeza de traer consigo a esta dulce flor del otro lado del Atlántico.

—Se lo propuse a Archer y él estuvo de acuerdo desde el primer momento. Intuíamos que Carla y usted congeniarían —Anna se recostó satisfecha en el sillón cogiendo cariñosamente las manos de su marido.

—Como ya sabe, Benigno, en dos días volvemos a Nueva York, pero presiento que este Parador y el recuerdo de Gredos van a acompañarnos para siempre. Somos nosotros quienes estamos muy agradecidos por su hospitalidad y por la excitante aventura que supone para nosotros respirar España. ¿Le ocurre algo Benigno? —preguntó alarmado Huntington.

—No sé,... me siento gratamente ligero y, aunque les parezca una chiquillada, tengo una irrefrenable necesidad de bailar. Desafortunadamente el presupuesto no me llegó para traer una orquesta.

Carla llevaba unos segundos escuchando e irrumpió cargada con dos maletas.

—¿Adónde va, querida Carla? —inquirió Huntington.

—Oh, no —respondió ella divertida— éste no es mi equipaje. Al venir hacia España tuve que parar en París y compré un regalo para Anna. Creo que es el momento adecuado para estrenarlo.

Anna abrió las maletas comprobando emocionada que se trataba de un gramófono con dos altavoces y una selecta colección de discos de pizarra.

—Es usted extraordinaria, Carla. Aún sin proponérselo subsana mis carencias. Lo repito: es usted extraordinaria.

—Gracias, señor Marqués, nada me complace más que verle reír.

Mientras se piropeaban, Anna giraba la manivela con energía y colocó el primer disco sobre el plato.

—Lo celebro, Carla, pero llámeme Benigno. Se lo ruego de todo corazón —dijo el Marqués desde su nube.

Carla esbozó una sonrisa de plenitud al tiempo que avanzaba hacia Benigno para iniciar el baile.

Las flautas y los violines comenzaron a acercar sus cuerpos y el descubrió que era la música la que guiaba el galanteo con su vivificante grandiosidad y unas notas de zalamería. La inopinada situación fue respetada sacralmente por los turistas y el servicio. Los amplios ventanales mostraban la tarde cayendo juguetona al ritmo de vals que marcaba el gramófono. Benigno miró los verdes ojos de Carla y vio el enardecimiento del espíritu... y de la carne. Archer y Anna se sonreían enamorados sin apartarse de sus miradas. La escena, debido a la inmediata asociación del vals a boato de la Corte del Imperio Austro-Húngaro, chocaba con la sobriedad del tenue ocre de las paredes impolutas y el rotundo marrón oscuro de la teñida madera castellana. Benigno y Carla volaban más que bailar, y al sonar los últimos movimientos del cuarto vals sabían que solamente precisaban de unas pocas palabras sinceras.

Al finalizar "Rosas del sur", de Johann Strauss, Benigno Vega cogió impetuoso las manos de Carla Sinclair a la par que las sílabas salían como un torrente de su boca:

—Me fascina Strauss, pero la turbación que me produce me resulta incontrolable.

—No olvide que fui yo la que eligió este vals, Benigno.

El Marqués no pudo dominarse.

—Carla, necesito ver amanecer junto a usted.

—Y yo, Benigno, necesito que la noche entera se defina entre nosotros exenta de ansiedades.

Repentinamente se apercibieron de que se hallaban en público y soltaron suavemente las manos. Acercando la boca a su oreja el Marqués remató:

—Si cuento con su permiso acudiré a su alcoba cuando todos duerman.

—Encontrará franca la puerta y allí estaré esperándole impaciente.

—Ahora he de salir, hermosa gema. Sepa que la llevo muy dentro de mí.

—No sea empalagoso. Deje los halagos para la noche y despídase de sus invitados.

Al decirle esto, Carla paseó lentamente el dedo índice por la barba.

Pasada la medianoche volvió Benigno Vega de su larga y fructífera reunión con los apasionados montañeros castellanos. Esperó largamente en su habitación y, cuando había transcurrido un buen rato desde la última vez que algún viajero se levantara para acudir al servicio, abrió la puerta con sigilo y se dirigió a la alcoba de Carla con cortos pasos cautelosos. Empujó suavemente la gruesa madera y la vio, incorporada en la cama cayéndole el brioso pelo rubio sobre la seda de sus hombros, a la luz de una vela que ella iba acercándole para que no tropezase.

—Carla, es usted infinitamente más bella de lo que había supuesto. Disculpe mi aturullamiento, pero conocerla ha significado para mí beber un trago de la fuente de la eterna juventud.

—No se apure, que aún es noche cerrada y el amor hay que hacerlo con calma. No existe nada más placentero que descubrirse los cuerpos uno al otro lentamente. ¡Ah!, y por favor no se ocupe de mi virtud que yo ya tengo mis propios mandamientos —el Marqués aceptó con placer que fuera ella quien delimitase el territorio—. Durante el baile he reparado en la honda tristeza que habita sus ojos. Me consideraría dichosa si al despertar hubiera desaparecido parte de ella.

Apagó la vela y la estancia quedó iluminada por la increíble claridad de las estrellas sobre un firmamento absolutamente negro.

En efecto, cuando bajaba las escaleras hacia la cocina, la tristeza del Marqués parecía haberse atenuado en su mirada. Recogió una cesta y un par de mantas que la noche anterior había encargado a un joven pinche de cocina.

—Gracias Berdía —dijo el Marqués ofreciendo unas monedas que el joven rechazó. Benigno Vega palmeó su mejilla con cariño y se dirigió a la escalera a recoger a Carla.

—Veo que vas bien abrigada. Aunque hay pocas nubes, el amanecer es siempre crudo en la montaña.

Al salir del Parador la noche comenzaba a despedirse violácea transmitiendo sonrisas de un rostro a otro. Acortaron el escaso kilómetro que conducía al sendero del Cordel combinando caricias y carantoñas.

—Esas piedras que pisamos fueron incrustadas por los romanos en la tierra hace más de dos mil años. Son calzadas romanas: las primeras carreteras que se construyeron en nuestra geografía.

—¿Y tantos excrementos de vaca?

—Las calzadas atraviesan España y son usadas por los pastores para trasladar el ganado hacia el sur con la llegada del otoño o simplemente en busca de pasto. La llamamos trashumancia, y personalmente considero que quizá haya sido el factor fundamental en la creación de una identidad española al mezclarse durante siglos gentes de tierras tan diversas.

Llegaron al lugar preferido del Marqués. Tendieron una manta en el suelo. Al sentarse, Benigno preguntó a Carla:

—¿Tienes frío?

—No, pero estoy hambrienta. ¿Qué trajo en esa cesta?

—Míralo. Espero que te guste.

Carla abrió la cesta y comenzó a servir las viandas sobre un mantelillo bordado.

—Uvas, queso, rosquillas, té y dulces.

—Son yemas de Santa Teresa —apostilló Benigno mientras Carla probaba una.

—¡Me enloquecen! Es usted casi tan goloso como yo.

Desde su posición se divisaba frontalmente el Puerto del Pico, que iba palideciendo según la noche se rendía. Ese doble pico afilado y vertiginoso ofrecía cada mañana desde la incompleta uve formada por la piedra, todos los matices concebibles entre el púrpura y el rojo durante unos quince minutos esplendorosos.

—Mañana regreso a San Francisco, pero a mediados de diciembre viajaré a París. Sería para mí un fabuloso privilegio poder despedir el año con usted. Además, no olvide que soy una millonaria protectora de las Artes —dijo riendo para restar amargura a la cercana separación.

—Nada ni nadie, excepto la Dama de la Guadaña, impedirá que abracemos 1929 paseando por las orillas del Sena, Carla mía.

—Ah, ahora entendí por qué le llamaron Benigno sus papás —el Marqués no salía del asombro—. Es usted un hombre tierno y galante, culto y moderno, soñador y respetuoso. Debería usted ser Patrimonio de la Humanidad para que nadie tuviera derecho a retenerlo y así poder disfrutarlo todos.

Al acabar de hablar, Carla cubrió de besos el semblante de Benigno.

—Al menos espero que los que quieran disfrutar de mí no lleven bigote —dijo el Marqués con la sonrisa de un bebé—. Nadie me retiene, Carla. Vivo medio año en los coches-cama del ferrocarril. Estaré en París.

—¿Sabe Marqués?,... perdón, Benigno. Yo también me enamoré de Gredos.

Los indescriptibles colores del día que apuntaba parecían resultantes de la fusión de la luz con los sentimientos de los amantes. Se estrecharon cobijados por la otra manta para contemplar el espectáculo irrepetible del amanecer de cada día.

La caja azul
Vicente Moret Millas

I

Cuando Pablo emprendió viaje un lunes por la mañana, no podía imaginar de qué modo los cinco días siguientes iban a cambiar su existencia. El destino, el azar o los dioses, que sólo son distintos nombres para lo mismo, juegan con los seres humanos, nos llevan y nos traen, nos colocan en sitios y lugares inverosímiles, sin que podamos tener la certeza de qué nos depara el amanecer de cada nuevo día.

Las seis horas que duró el trayecto hasta Bayona fueron un viaje profundo y nítidamente vivido, recordando, repasando una y otra vez la película de su vida en los dos últimos meses, de los que todavía conservaba vivos los colores. "He envejecido —pensó—. Por primera vez el tiempo ha entrado en mi vida. Lo noto, se ha apoderado de mí dejando la fina pátina de polvo que traen los años vividos. Y todo por ella."

Atrás quedó la ciudad. Tragando kilómetros parecía que se alejaba de todo, y de forma casi inconsciente, como si el movimiento contribuyese a hacer pensar con lucidez, sus ideas fueron poco a poco aclarándose, apartándose del marasmo de confusión, estremecimiento y soledad, que como una sombra colgada de un cable invisible, había vivido junto a él en los últimos meses. Eran demasiados recuerdos los que se amontonaban en caótica procesión. Imágenes, palabras, sentimientos. Todo mezclado, todo revuelto y confuso. Necesitaba domar esa amalgama que John Lee Hooker, sonando el radiocasete del coche, intentaba ordenar sin éxito mediante su lamento apacible y sin esperanza.

Para acabar de cubrirlo todo con el tono cadencioso y melancólico que dejan las cosas pasadas y dolorosas, la lluvia, deshilachándose finamente, y la niebla, desdibujando el paisaje, fueron sus compañeras durante todo el trayecto.

El Parador de Bayona se dibujaba sobre la bahía, como queriendo auparse hacia un cielo gris, plomizo y desapacible. Parecía una mancha oscura sobre un fondo gris. Ya en la recepción sintió un calor familiar y pacificador, como el que se siente al volver a casa después de un largo viaje. Después de deshacer el exiguo equipaje que traía y de cenar algo, más que nada para engañar al gusano que le había empezado a rascar las entrañas, se abrigó con un grueso chaquetón y salió dispuesto a dar un paseo en torno a la muralla que rodeaba el edificio. La noche, a pesar del viento que soplaba intermitente desde el mar, invitaba a caminar con la sola compañía del bramido apagado de las olas al estrellarse contra las rocas, y de los viejos cañones oxidados e inertes que miraban a un enemigo inexistente, apuntando de modo extrañamente veraz hacia su propia inutilidad.

Una vez más repasó la historia de la traición, como él denominaba a lo ocurrido. "El director tiene razón —pensó—. Ha sido realmente generoso." Su rendimiento en los últimos dos meses había empeorado notablemente. Él mismo notaba su evidente pérdida de concentración en lo que hacía. En la oficina todo el mundo tenía una ligera idea de lo que había pasado. Laura también trabajaba allí al fin y al cabo. "Gracias a Dios que no llevamos los mismos asuntos porque si no habría sido un desastre y mi final en la empresa. Con todo lo que he tenido que luchar para llegar hasta aquí."

A Pablo le sorprendió la franqueza con que Luis, el director, le había hablado el viernes de la semana anterior.

—Pablo, tu rendimiento está bajando y todo el mundo lo ha notado. Creo tener una idea de por qué estás tan desconcentrado; es más, me parece que es de dominio público. No creas que te estoy reprochando nada.

Luis se detuvo un instante. Estaba buscando las palabras más adecuadas.

—Has tenido un tropiezo, todo el mundo lo tiene tarde o temprano, yo mismo pasé por algo así hace unos años. No muchos, no soy tan viejo como creéis —dijo mientras sonreía levemente, como para intentar dispersar un cierto olor a dramatismo que la escena parecía estar adquiriendo.

Luis se levantó de su cómoda butaca de cuero y, mirándole de modo sincero y abierto, le dijo:

—Eres un gran profesional, tienes instinto y sabes trabajar, quizá aún estás verde en algunas cosas pero eres todavía muy joven. Los socios y yo mismo esperamos grandes cosas de ti, y por eso no quiero que nada te aparte de lo que ahora debe ser tu prioridad. Te recomiendo que te vayas unos días de vacaciones; ve a donde quieras pero lejos; no se te ocurra quedarte en Madrid. Aléjate y pon orden —Luis le miró a los ojos y continuó—. Es algo que debes hacer tú solo. Cuando vuelvas quiero verte en plenas condiciones; preparado y dispuesto para trabajar otra vez.

Le despidió con un apretón de manos más prolongado de lo normal. "Es curioso —pensó Pablo— si no lo conociese, hasta diría que me tiene cierto afecto." "No seas ingenuo —se reprochó inmediatamente—, a él sólo le interesa tener una máquina bien engrasada que produzca. La cuenta de resultados es lo que importa."

Y allí estaba él, buscando respuestas, mirando la infinitud del océano gris, con su espíritu teñido de un color gris, envuelto en un abrigo gris, caminando sobre la superficie gris del empedrado gris, y rodeado por un cielo gris que no acababa de decidirse a empezar a llorar.

Al día siguiente se levantó más o menos pronto y extrañamente lleno de energía. Los planes para ese día no estaban todavía claros; quizá pasaría toda la mañana leyendo el periódico y después de comer iría a pasear por la playa. En todo caso qué hacer no era sin duda una preocupación. En eso precisamente consistían las vacaciones para él. Así que su ánimo estaba predispuesto a no hacer absolutamente nada durante los cinco días que iba a estar en el Parador.

Bajó a desayunar. Alguien se sentó en la mesa que estaba frente a la suya. En un principio no reconoció a esa persona. No estaba seguro pero su rostro le era vagamente familiar. Se trataba de una mujer de unos sesenta y cinco años. Su pelo, largo y poblado de canas, se arremolinaba en un imperfecto moño. La delgadez de su cuerpo contrastaba con su cara redonda y todavía no muy atacada por las arrugas, la cual servía de marco a unos ojos verdes, grandes y vivaces, que se encontraron con los de Pablo y esbozaron lo que pareció una especie de saludo. "En otro tiempo debió ser una mujer hermosa" pensó Pablo.

Miraba a esa mujer de vez en cuando intentando buscar las pistas que le permitieran poner nombre a esa cara. De pronto, una imagen le vino a la mente desde algún remoto pliegue de su memoria. En ella aparecía Carla. Estaba con ella, en la habitación del Colegio Mayor. A Pablo le gustaba verla en su habitación porque era un lugar muy especial. Cuando entró por primera vez vio con sorpresa cómo los libros se agolpaban por los rincones más insospechados. Sobre la estantería, apilados en el suelo, incluso sobre la única silla que había en el cuarto frente a la mesa de estudiar, que, por supuesto, también estaba repleta de libros. Cuando vio aquella acumulación de literatura empezó a comprender un poco más a esa extraña chica de la que más tarde acabaría enamorándose.

Y recordó las largas noches durante el curso, cuando casi a escondidas él entraba en el colegio y se quedaba allí hasta el amanecer. Los dos envueltos en un amasijo de sábanas, mantas y ropa caída en el fragor de la batalla y olvidada desordenadamente como se abandona lo innecesario, lo que ya ha perdido su función.

Y allí, protegidos de todo y de todos, ambos leían en voz alta, sin prisa, como si la noche fuese eterna, las páginas escogidas. Aquéllas que por alguna razón merecían ser compartidas y recordadas, en un concurso sin fin por ver quién descubría a quién la mejor frase, el párrafo más acabado, el texto más sorprendente, el poema más hermoso; siempre después de la calma infinita, del sopor abandonado y pegajoso que sucede al sexo.

Recordó su pelo oscuro que siempre llevaba corto, y no pudo evitar verla desnuda, sobre la cama, con todo su ser imbuido de la pasión por leer ese libro que, como siempre, tenía entre las manos. A Carla le había picado un animal muy peligroso cuyo veneno provoca una enfermedad de difícil cura: la pasión por la literatura, por la palabra, por esa galaxia de sentimientos, mundos, universos que afloran desde la individualidad del escritor hacia el reino de lo real, de lo cognoscible, a través de las letras; de la sucesión interminable, sorprendente y mágica de la escritura.

Una de esas noches de pasión y literatura, Carla leyó un fragmento de un libro muy triste. El texto describía con minuciosidad y precisión de cirujano los síntomas del amor no correspondido. Lo analizaba con la frialdad del científico que examina un mineral o una ecuación matemática, de tal manera que los sentimientos alcanzaban, descritos de esta forma, una dimensión carente de cualquier emoción. Con una mirada de complicidad, o quizá con la mirada propia de quien desvela un secreto, Carla pasó la hoja y comenzó a leer otro pasaje de tal forma que si bien el tema era el mismo, el estilo era completamente diferente. Los sentimientos eran idénticos pero la forma de expresarlos nada tenían que ver. Pablo quedó sorprendido por la belleza, la delicadeza y el refinamiento con que la misma autora, dos páginas después, describía de un modo tan distinto las mismas cosas. Miró a Carla entre sorprendido e incrédulo. "Increíble, ¿no?, lo mismo pensé yo cuando lo leí ayer" dijo Carla. Pablo intentó expresar lo mucho que le había gustado aquello; es más, en un arrebato de entusiasmo estaba pensando en decir que por fin había encontrado el libro que a él le habría gustado escribir. Pero no pudo porque Carla despacio, muy suavemente, como si el tiempo no existiese, le besó. Por un instante ni siquiera la literatura existía y en el mundo no había más realidad que la de los labios que se juntan.

Más tarde, y antes de ir a la Facultad para asistir a otra "apasionante" clase de derecho administrativo, ojeó el sorprendente libro que estaba seguro no tardaría en leer. Buscó en la contraportada y allí estaba la foto de una mujer ya mayor, con un moño desmarañado y unos profundos ojos verdes, que con su mirada parecía gritar verdades que aun siendo evidentes nunca antes habían sido dichas.

Ahora lo recordaba con claridad. Allí, sentado en el comedor, rostro y nombre encajaron. "Eso es, Aurora Crespo". Cuando Pablo quiso darse cuenta aquella mujer había desaparecido y en su lugar un camarero retiraba los restos de su desayuno. Terminó el suyo y dio un largo paseo por el recuerdo de Carla, su olor y su voz le persiguieron como fantasmas durante toda la mañana.

II

A la hora de comer Pablo se sentó en la misma mesa que había ocupado a la hora del desayuno. Y de nuevo, al cabo de un rato, esa mujer, de la cual ahora ya sabía el nombre, con paso decidido se acercaba de nuevo a la mesa de enfrente. Ambos se miraron un instante y se dedicaron un "hola" protocolario y casi desganado.

Entonces fue cuando decidió acercarse a la escritora, en realidad no sabía muy bien ni por qué ni para qué, pero algo casi olvidado y oculto le impulsó a hacerlo. Iba a levantarse de la mesa, a presentarse a esa mujer y a pedirle que compartieran mesa. Intranquilo por la posibilidad de recibir un no por respuesta, se dirigió hacia la mesa de enfrente.

—Disculpe, pero si no me equivoco usted es Aurora Crespo, he leído alguno de sus libros y, en fin, ¿qué le parece si comemos juntos?

La escritora le miró fijamente durante unos instantes que a Pablo le parecieron eternos, y después echó una ojeada alrededor.

—Parece que somos las dos únicas personas que van a comer solas hoy, así que no veo inconveniente —contestó. Su voz era profunda pero poseía un extraño eco a juventud e ilusión. Al concluir la frase esbozó una sonrisa.

La comida transcurrió entre algunas referencias al tiempo, a las excelencias de la gastronomía gallega y a lo mucho que se necesita desconectar de vez en cuando de las obligaciones diarias y escapar, aunque sólo sea por unos días, de la rutina de acontecimientos, personas y lugares que suelen acompañarnos durante la mayor parte del año. Una vez concluida la comida ella le propuso continuar la conversación en torno a una taza de café fuera del comedor, lo que Pablo aceptó encantado.

La conversación ya apuntaba hacia una sobremesa irremediablemente formada por una interminable sucesión de tópicos, hasta que de repente Aurora interrumpió sin más a Pablo y, dirigiéndole una mirada franca y directa, le dijo:

—Sí, todo eso está muy bien pero yo creo que tienes una historia que contar. ¿Qué hace si no un chico joven y listo como tú aquí? Creo que estás huyendo de algo, ¿me equivoco? Buscas distancia. Aún no sé para qué. Bien para olvidar o bien para tomar alguna decisión importante. Aunque puede que nada de esto sea verdad, y yo me esté pasando de lista.

Pablo le miró con cierta sorpresa que poco a poco se transformó en otra sonrisa de aceptación y hasta cierto punto de complicidad.

—¿Eres siempre tan directa? —dijo Pablo.

—Normalmente no —contestó ella— pero confieso que me halaga que un joven como tú haya leído algo escrito por mí y que además quiera saber de mi vida. Eso le da sentido a muchas cosas; créeme, a muchas....

—Tiene algo que ver con los sentimientos, ¿verdad? —continuó ella.

—No vas desencaminada —contestó él admitiendo a regañadientes la evidencia de que esa persona que ahora estaba frente a él podía, por lo menos, intuir lo que había en su interior— ¿cómo sabes que...?

—Ha sido una intuición —dijo ella— suerte y sentido común, nada más.

Pablo le contó una vez más su historia. Cómo la mujer de la que se había enamorado le traicionó y cómo ahora tenía que superar aquello para poder continuar.

—He tomado una determinación. Sí, creo que ya lo tengo claro. Ésta es la última vez que hablaré de ello. No repetiré más todo lo que te he contado. Ya me he cansado de volver una y otra vez sobre lo mismo —Pablo sonrió—. Así que desde este momento proscribo mi pasado reciente y lo guardo definitivamente en el rincón más olvidado y recóndito de mi memoria. No sé por qué pero creo que cuando vuelva a Madrid dentro de cuatro días habré puesto orden y volveré a ser el que era.

—No —dijo ella tajante— no te engañes amigo. Cada experiencia como la que has tenido nos cambia. Volvemos a ser felices, volvemos a enamorarnos, a desear a otras personas, a ser aparentemente quienes éramos. Pero no es así. Dentro de ti, casi de forma imperceptible, quedará una cicatriz; una marca que olvidarás pero que seguirá acompañándote mientras vivas. Nosotros somos lo que nos ocurre, lo bueno y lo malo —Aurora interrumpió su charla, y después de soplar un poco para enfriar el café continuó—, pero creo que eso ya lo sabes.

Pabló asintió.

—Bien —dijo ella— entonces me alegro por ti, has resuelto dejar atrás algo que evidentemente te ha hecho daño, y eso merece una felicitación porque a veces preferimos no salir de la porquería en que nos sumerge la vida.

Ambos salieron del edificio. El tiempo había mejorado algo respecto al día anterior. Se encaminaron hacia la garita que se dibujaba en el extremo occidental del edificio y que como un mudo centinela cubierto de musgos colgaba en un equilibrio casi imposible sobre el muro, sin querer mirar hacia los acantilados y las rocas que metros abajo gemían, rugían y se estremecían bajo la fuerza del mar.

—Ahora me toca a mí —dijo Pablo súbitamente— creo que yo también voy a ser directo, ¿estás escribiendo algo? No es que esté muy al tanto del mercado editorial, ya me gustaría —suspiró—, pero creo que en los últimos años no has publicado nada.

Aurora le miró fijamente a los ojos unos instantes, con una mirada igual a la que le había dirigido nada más presentarse Pablo. Sus ojos verdes se volvieron metálicos e impenetrables durante una milésima de segundo, pero inmediatamente una ligera sonrisa disolvió la tensión del momento.

—Sí, es cierto, he pasado mucho tiempo sin escribir. Demasiado, quizá. Pero esto es así. Durante años no tuve nada que contar, estaba buscando algo, esperando una historia, un relato, la idea de una novela que no acababa de llegar. Podría haber publicado uno, dos, tres libros, pero preferí esperar —Aurora calló—. Algo dentro de mí decía que quizá fuese mi última oportunidad para escribir. Como si mi tiempo se agotase y no pudiese desperdiciarlo escribiendo cosas inútiles o simplemente pasajeras. Todo lo que intentaba escribir se volvía estúpido y sin sentido. Como si la situación me condujese hacia algo que estaba por venir y que daba sentido a esa aparente crisis.

Ya sé que suena un poco místico, incluso pedante, pero así lo sentí —continuó— ¡y pensar que yo siempre me había reído de todos aquellos que ven en esta forma de ganarse la vida algo así como una manera de lograr una cierta permanencia! Para mí los libros sólo han sido un divertimento que me ha permitido hacer lo que he querido; sin más... Es extraño, pero me pareció intuir que después de aquello que esperaba no hubiese otra oportunidad. Sería mi última obra. Y ni siquiera tenía una idea aproximada de qué decir en ella.

Aurora se sentó en un banco de piedra, y con la mirada perdida entre el horizonte de agua, sal y cielo empezó a contarle. "Hace dos años, más o menos por estas fechas, estaba pasando unos días en Lisboa. Alquilé una pequeña habitación en una fonda en pleno corazón del barrio de Alfama. A los dos días de llegar, di un largo paseo, distrayéndome con cada pequeño detalle que me salía al encuentro: una anciana, negro sobre negro, apoyada en el quicio de la puerta de su casa; una algarada de niños jugando en la calle; más allá una pareja de quinceañeros se comían a besos bajo la protección de un portal. Es la vida —pensé— está por todas partes. Si yo pudiese atrapar una parte, sólo una ínfima parte, de toda la vida que me rodea podría escribir mi libro más importante, el libro entre los libros, aquél al que todo escritor aspira como cumbre de una vida. Quizá también como justificación de todos los fracasos y frustraciones.

Aurora se detuvo un instante y miró hacia las rocas. Allí abajo, entre columnas de espuma que se elevaban como explosiones buscando el cielo, un chico sostenía una cámara mientras intentaba fotografiar el instante adecuado, el momento preciso en el cual la ola rompía contra las enormes piedras.

—¿Ves a ese chico? —dijo ella— mira cómo intenta captar, congelar una ínfima parte de la realidad. Una fotografía es como una pequeña batalla que se gana al tiempo. Una cápsula de papel en la que se mete un pequeño trocito de tiempo que queda encerrado en ella. Pues bien, yo me propuse hacer lo mismo pero con las palabras.

—Sí —me dije—, en el fondo el deseo de escribir sólo es una excusa que nos permite diferenciarnos y sobrevivir a nuestra propia mediocridad. Es el afán por permanecer, por tener algo que decir. En una palabra, sentí un deseo enorme de escribir mi último libro. Y allí, mirando la ciudad a mis pies, asomada al mirador del Castillo de San Jorge lo entendí todo. Mi final estaba cerca, lo sentía. Pero aún tenía tiempo para escribir algo bueno, algo realmente excepcional, para así, en cierto sentido, no desaparecer del todo. Creo que es algo tan viejo como el hombre. El deseo de no desaparecer totalmente y de que algo mío me sobreviva. En una palabra, que una pequeña porción de lo que pienso, de lo que siento, de lo que creo, perviva en un relato, en una novela. Pensé en escribir para que la gente leyera. Y que cuando lo hiciese, algo de ese texto permanecería con ellos. Algunos serían conscientes de ello, otros no. Pero daba igual, porque una parte de mí les acompañaría lo supiesen o no. Y cuando yo hubiese desaparecido y mis huesos ya no fuesen más que polvo, cuando ya nadie pudiera hablar de mí, mi libro sería mi testimonio, y una parte de mí sería inmortal.

Al volver a España me encerré durante dos años a escribir. La premura del tiempo me ayudó. Las ideas, los personajes, todo venía a mi cabeza con increíble claridad. El hecho de saber que no habría una segunda oportunidad me daba alas. —Aurora se detuvo un instante. Le estaba confiando algo muy íntimo. Se estaba desnudando delante de Pablo, expresando sus sentimientos y creencias más profundas.— Lo conseguí. Hace sólo unas semanas que lo acabé. Llevo el manuscrito conmigo. El único, porque ni siquiera he hecho una copia todavía —le miró directamente a los ojos— es lo que he estado esperando durante años. Mi obra más acabada, mi hijo más querido.

El mar parecía arreciar conforme Aurora contaba su historia a Pablo. Rugía entre las rocas y un frío viento del Oeste empezaba a soplar. Sus palabras, que ella había querido que sonaran mesiánicas y proféticas, flotaban en medio de un silencio espeso. Los dos decidieron dejar la conversación para otro momento, y se dirigieron a sus habitaciones con la promesa de una cena compartida.

III

Pablo aprovechó para hacer una de esas cosas que se van dejando para más adelante, para cuando se tenga tiempo, y que había resuelto dejar solucionada esas vacaciones. Se sentó frente a la mesa de la habitación que estaba en un rincón, junto a la ventana, y sacó de la maleta dos agendas de teléfonos. Una de ellas evidenciaba muchos altos y muchos teléfonos. La otra, en cambio, era nueva y sus flamantes tapas rojas aún no conocían el desgaste por el uso y el paso del tiempo.

Sin prisa, Pablo empezó a pasar nombres, direcciones y teléfonos de una a otra. Así transcurrió la tarde. Se trataba al fin y al cabo de revisar en cierto sentido su vida en los últimos años. La mayoría de los nombres y teléfonos pasaban a formar parte de la nueva agenda y, por así decirlo, de su nueva vida. Pero otros suscitaban un cierto sentimiento de pérdida.

De vez en cuando, al tropezar con algún nombre en concreto miraba a través de la ventana pensando en qué hacer; si apuntarlo en la nueva agenda o dejarlo en el olvido. Pensaba en cómo el devenir de las cosas nos acerca y nos separa de los demás. Cómo alguien, durante un periodo más o menos largo de nuestra vida, se convierte en un ser esencial, inevitable e insustituible, y después desaparece con el daño que las amistades íntimas producen al romperse definitivamente o simplemente dejando atrás el desierto de silencio que nace entre dos amigos por la desgana o el olvido. Entonces es cuando esa persona, un día tan importante, ya ni siquiera merece un pequeño renglón en la nueva agenda.

El sol empezaba a declinar llenando el cielo con una terrible disputa de azules, morados y rojos. El espectáculo le tuvo embebido durante unos minutos mientras su mente vagaba libre, dispersa y sin prisa por los valles de colores agridulces que son las grandes amistades, un día fuertes e inquebrantables como rocas de granito, y después marchitas, gastadas y muertas.

La hora de la cena se presentó de repente, casi sin darse cuenta. Pablo observó que eran las nueve de la noche; la hora en que había quedado con Aurora para cenar. Estaba deseando verla.

"Es curioso —pensó— No tengo nada que ver con ella, ni siquiera puede decirse que tenga nada que ver con la gente con la que habitualmente me relaciono. Debe ser ésa la razón por la que estoy deseando verla de nuevo. El encanto de lo diferente."

Estaba esperándole. Ambos se sentaron y pidieron, decidiéndose por el pescado. La conversación discurrió sin detenerse en nada en concreto; como si después de la profundidad y sinceridad de la larga conversación de la mañana se hubiese establecido entre los dos el confortable encanto de una confianza que ya no necesitaba de más indagaciones en aspectos personales.

A la cena le sucedió de nuevo un largo paseo por el camino de ronda del Parador. Hablaron, discutieron y sobre todo confiaron el uno en el otro. Habían pasado dos horas caminando y conversando sobre infinidad de cosas, encontrándose los dos a gusto, confiando sin más el uno en el otro y empezaba a hacer frío. Decidieron continuar al día siguiente. Cuando ya se despedían, Aurora se detuvo de pronto y miró a Pablo con esa mirada verde y escrutadora que algunas veces le dirigía.

—Espera —dijo— creo que tú eres la persona adecuada. Quiero que leas una cosa.

Aurora entró en su habitación. Cuando salió, entre sus manos sostenía una caja azul de tamaño folio. Parecía voluminosa y pesada. Mirando la caja Aurora le dijo:

—Esto es lo último que he escrito, la novela que he estado esperando durante los últimos siete años.

Después, y como si le costase desprenderse de un hijo al que se quiere, y que precisamente por ello es entregado al mundo, puso la caja en las manos de Pablo.

—Toma. Vas a ser el primero en leerla; ni siquiera en la editorial saben de su existencia. Quiero que me digas qué te parece. Con sinceridad... te aseguro que no sé muy bien por qué hago esto... pero no creo que podamos decir exactamente por qué hacemos las cosas en todo momento ¿no crees? Me pareces persona de criterio. Aunque tampoco estoy segura; apenas te conozco —dijo mientras soltaba una sonora carcajada. Ambos rieron.

—La leeré con atención. Gracias, te agradezco mucho el que yo sea la primera persona que la va a disfrutar.

Ambos se despidieron hasta el día siguiente.

Nada más entrar en su habitación, Pablo sintió el irrefrenable impulso de empezar a leer el original que Aurora, sorpresivamente, había depositado en sus manos. Así que, después de ponerse cómodo, se tumbó sobre la cama con la caja azul. En la primera página estaba escrito el título *La sombra de la luz*. Con la recuperada expectación que abrir la primera página de un libro proporciona, empezó a leer.

Voy a morir.

Este pensamiento fugaz, pero al mismo tiempo claro como las estrellas que contemplaba ahora en medio de un firmamento calmo y azul, fue lo primero que su mente pudo ver con claridad.

Después intentó mover la mano derecha. No pudo. Casi sin pensarlo, como en un acto reflejo lo intentó de nuevo. Era inútil. Ninguno de sus dedos respondía las órdenes que su cerebro, en un afán por controlar su propio cuerpo, enviaba a la extremidad. A continuación lo intentó con la izquierda. Tampoco hubo suerte. No le sorprendió que al intentar ladear la cabeza para ver qué le pasaba a sus manos, el resultado fuese el mismo. Ni manos, ni cabeza, ni por supuesto piernas obedecían. Inmóvil, quieto, muerto.

Entonces fue cuando notó esa extraña sensación: la vida se le estaba escapando poco a poco. Sí, ahora lo sentía con la certeza con la que se espera el sol al amanecer. "Me estoy muriendo y siento que la vida se me escapa por la punta de mis dedos." Sus manos estaban apoyadas con las palmas hacia abajo sobre la tierra dura y fría, y las yemas de los dedos de ambas manos descansaban sobre ella, casi acariciándola. A través de ellas sentía cómo la vida se iba derramando sobre el suelo y era tragada ávidamente por la tierra, que parecía reclamar para sí su cuerpo exhausto, tendido, vencido sobre la tierra.

La vida se le escapaba, como el agua que resbalaba sobre el muro de la alberca que había más allá del puente, allá, en el pueblo, en otro mundo que ahora quedaba tan lejos de éste, tan distinto a éste. A continuación sus ojos empezaron a explorar lo que le rodeaba. Lo que vio no era muy diferente a lo que podía ver el resto de las noches que había pasado allí mismo. Tres meses metido en el mismo agujero; "parece toda una vida" pensó al mismo tiempo que miraba el cielo. Un cielo estrellado, lleno de paz, como si nada hubiese pasado durante el día anterior, como si todo lo vivido días antes hubiese sido soñado.

Pero sí, era real. *Todo aquello había pasado. En la lejanía alguien grita-*
ba, aullaba su dolor pidiendo ayuda. De pronto un disparo, un solo disparo,
llenó el aire como una sentencia final e inapelable y el silencio reinó en el valle.
El disparo le hizo volver a la realidad. *Como un golpe en la cara todo*
volvió a ser tan real como la tierra sobre la que descansaba su cuerpo. No
se podía mover pero su mente corría como un caballo desbocado, recor-
dando el día anterior las explosiones, los disparos, la confusión, el enemi-
go enfrente esperando, la tierra saltando por los aires a su alrededor. En
definitiva, el miedo. Lo ocurrido pasó a toda velocidad por su cerebro.
Imágenes, sonidos, olores. Y después la huida en plena noche. En el desor-
den caótico que siguió a la derrota, en algún momento tiró su fusil. No
recuerda cuándo. Tampoco recuerda cuánto tiempo estuvo corriendo.

Por el contrario, sí recuerda bien la caída. *Ya en la noche, en plena*
desbandada, cuando sus piernas empezaban a resentirse de la carrera por
salvar la vida, tropezó con algo: una piedra, un tronco; y cayó de bruces.
Después el silencio y la oscuridad.

Ahora se veía a sí mismo allí, *entre unas matas de enebro que habían*
crecido al pie de una gran roca. Su pulso se desaceleró casi al instante.
Todo lo anterior desapareció enterrado por la nueva realidad. "No tiene
sentido correr, no hay ya donde escapar. Me rindo y me entrego. El final
está cerca y es inútil huir más. Aunque quisiera no puedo hacerlo; ni
siquiera mis piernas responden. No puedo moverme.

Entonces sintió el frío. "Ya está claro. Me estoy congelando y voy a
morir poco a poco, casi sin sentirlo, dulcemente." *Se acordó del pastor que*
había muerto en su pueblo cuando él tenía seis años. Lo encontraron sen-
tado en una piedra, plácidamente acurrucado en una manta que no le sal-
vó de la muerte, con su perro pastor a los pies. El pobre tenía una extra-
ña sonrisa medio difuminada en su boca y agarraba su cayado que
descansaba sobre las piernas. Iba morir de la misma manera y cuando lo
encontrasen tendría la misma extraña sonrisa que el pastor.

Estaba tranquilo, con la certeza del que sabe cuál será el final. "No
puedo hacer nada más que esperar." *Y en ese momento le invadió una*
deliciosa sensación de paz. "Es la antesala de la muerte, ya llega a mi puerta; me está mostrando sus encantos. Me dice: abandona toda resistencia
porque es inútil yo terminaré venciendo, así que no sufras. Ven conmigo y
yo te abriré los brazos."

"No, todavía no", *se gritó sordamente Juan a sí mismo.* "Aún no he
terminado ni me voy a rendir." *Y entonces se acordó de su hijo,* "era tan

pequeño cuando me fui, ahora tendrá seis meses. Y se acordó de Carmen con ese delantal que él le compró en la feria del año pasado, sentada sobre la mecedora, al pie de la ventana del comedor con el niño en brazos. "No te voy a conocer, crecerás sin tu padre y no veré tus primeros pasos. Tendrás que ser fuerte hijo mío porque la vida no te lo va a poner fácil, y yo no estaré contigo."

"Ella tampoco lo tendría fácil. Se va a quedar sola. Aunque es joven, quizá se vuelva a casar." Y el solo pensamiento de otras manos recorriendo el cuerpo de Carmen y de otros labios besándola hizo que su cuerpo se estremeciera de rabia, de celos por algo que ni siquiera sabía, que ni siquiera podría ver nunca, en un último esfuerzo por revivir que salía de lo más profundo de su ser. Pero sólo era un espejismo, una sombra de energía que había encendido su cuerpo con un falso hálito de fuerza vital...

Sonia cerró cuidadosamente el cuaderno. Contempló sus tapas de cartón rojo y acarició suavemente las hojas que se deslizaban ásperamente prometiendo horas venideras; intensas, de sufrimiento y de dicha, de éxito y de fracaso: de creación.

Se recostó sobre la silla y miró por la ventana. Había anochecido. Frente a ella Ámsterdam se disponía a dormir, bostezando su propia tranquilidad, plácidamente mecida por el agua de los canales.

El hotel no era muy lujoso pero era lo mejor que había podido encontrar por el precio que estaba dispuesta a pagar. La habitación había sido pintada hacía mucho tiempo y la madera del parqué necesitaba serios cuidados, o mejor, su total renovación. Los muebles eran más bien escasos: la cama, huérfana de cualquier adorno y una mesa que ella había colocado junto a la ventana para poder captar la poca luz que los días cortos del mes de enero proporcionaba.

Decidió salir a pasear. El conserje, llegado desde algún país africano, le sonrió levemente al dejar la llave. En cuanto puso el pie en la calle una bofetada de aire frío le sacudió todos los huesos del cuerpo. La humedad lo invadía todo, envolviendo las calles de una fina película de irrealidad. Despacio y casi inconscientemente se encaminó hacia Leidse Plein, paseando por una ciudad semidesierta. En la Plaza del Damm un gaitero de las Tierras Altas, con toda la parafernalia propia de su condición, convertido en músico ambulante recogía las ganancias del día mientras se golpeaba en los costados para combatir el frío.

Necesitaba pensar con lucidez, apartar todo aquello que pudiese separarla del objeto de su viaje y para ello necesitaba la claridad de ideas que de vez en cuando, como el primer rayo de luz de sol después de una tormenta, visitaba su espíritu. Esta vez debía conseguirlo y por eso eligió Ámsterdam, lejos del trabajo, lejos de la ciudad, de los amigos. De todo.

Cuando ya llevaba una hora más o menos vagabundeando sin rumbo entre canales y puentes, plazas entre edificios de ladrillos pardos, y árboles desnudos de hojas, se asomó al puente que le quedaba más cercano. El agua oscura, casi totalmente negra debido a la noche, se mantenía quieta y apacible como si en vez de líquido fuese una masa compacta, densa, casi sólida. Allí, sobre ese pozo negro de noches repetidas durante siglos, de fríos idénticos en el tiempo, se detuvo.

Al alzar la vista, en la casa más próxima vio a través de la ventana iluminada a una chica de no más de quince años, que sentada sobre el marco de la ventana sostenía un libro entre las manos, protegida del frío por el cristal. Leía a la luz tenue de una lámpara de mesa. Aunque no podía ver el título del libro, sí pudo observar con claridad la expresión de su rostro serena y dulce, totalmente entregada al universo escrito que tenía frente a sus ojos, sin importar nada más, sólo el libro. Ni siquiera la miró cuando ella se acercó a la ventana, para observar mejor la escena iluminada por una luz propia de un cuadro de Veermer, prometiendo un interior cálido y acogedor frente al exterior inhóspito y solitario.

Sonia se encaminó de nuevo hacia el canal. Sus pensamientos se concentraban en ese cuaderno rojo que perteneció a su abuelo y que allí y ahora ella estaba descubriendo. Sus pasos la condujeron de nuevo hacia...

Pablo dejó de leer. De repente miró por la ventana y se dio cuenta de que la claridad del alba ya se intuía. Un nuevo día despierta, pensó. Pero sus pensamientos todavía eran confusos. Miró el despertador. Las seis y media. Le había ocurrido lo que no le sucedía desde hacía años. Se había quedado toda una noche leyendo. Con la cabeza embotada y la vista cansada por las muchas horas de lectura, abrió la ventana y un chorro de aire frío y cargado de sal inundó la habitación.

"Es buena, muy buena." Intentó así resumir todo lo que las horas pasadas en vela le habían ido sugiriendo. Pero pronto se dio cuenta de que aquellos adjetivos se quedaban cortos. Es más, parecían pobres e incluso eran estúpidos si con ellos se pretendía describir la novela. "Es magistral —se dijo—, una auténtica obra maestra." La trama bien organizada, coherente pero también sorprendente. Los personajes tan reales, humanos e imperfectos que casi era imposible no sentirse completamente identificado aunque sólo fuese parcialmente con alguno de ellos. El estilo directo pero totalmente sugerente y cargado de imágenes sorprendentes. "Es una gran obra. La obra de toda una vida sin duda."

"Ahora lo entiendo todo —se dijo—, es increíble pero parece que la protagonista del libro sea yo mismo. Y empezó a reunir mentalmente todas las cosas que tenía en común con Sonia, el personaje central. Los paralelismos parecían innumerables. "Por eso ha querido que yo lo leyera."

No tenía nada de sueño así que decidió duchase e ir a desayunar. Después esperaría a que Aurora apareciese para darle la enhorabuena y las gracias por el maravilloso rato que había pasado leyendo su obra.

Cuando se disponía a ir al comedor se llevó una desagradable sorpresa. Primero vio a los enfermeros avanzar por el pasillo con una camilla. Por pura intuición les siguió con la vista. Pasaron frente a la habitación de Aurora. No se atrevió a acercarse, pero en lugar de ir al comedor a tomar el desayuno, como tenía previsto, se quedó en su habitación, esperando poder averiguar qué pasaba exactamente. Al rato observó cómo los enfermeros salían con un cuerpo sobre la camilla. A pesar de la sabana que lo cubría, Pablo pudo ver con claridad la mano inerte y sin vida de Aurora. Con más miedo que interés por saber lo que había pasado, se acercó a los enfermeros y al médico que los acompañaba. Según pudo saber Aurora había fallecido hacía unas horas.

"Un ataque al corazón —afirmó el doctor—, apenas se ha enterado. Sólo le dio tiempo a descolgar el teléfono, ni siquiera pudo pedir ayuda." "Yo cogí el teléfono —dijo el recepcionista que parecía asustado—, y como no contestaba nadie subí a ver qué pasaba..." Era un chico que no tendría más de 20 años. Su voz sonaba entrecortada y confusa.

Pablo no dijo nada. De pronto un torrente imparable de ideas, sentimientos y reacciones contradictorias se mezclaron atropelladamente en su cabeza. La confusión que produce la muerte de un ser con el que horas antes se habla, y que unas horas después ya no es más que un trozo de materia inanimada, se apoderó de él.

Sin saber exactamente lo que hacía, se encaminó a su habitación. Por unos instantes intentó que el aire puro y frío de la mañana aclarase sus pensamientos. Fue en vano. Así que como un autómata, se sentó frente al escritorio, abrió la caja azul y continuó leyendo de forma apasionada, casi rabiosa, sabiendo que lo que tenía frente a sus ojos era el testamento de una persona que hacía sólo unas horas había dejado de existir. En cierto sentido intentó devolverla a la vida, porque leer esas páginas era como negar su muerte; era creer en la victoria de Aurora sobre ella y conjurar su desaparición.

Al día siguiente, de madrugada, sin haber comido más que algunos sandwiches que pidió a la cocina y que devoró en su propia habitación, Pablo acabó de leer la última página.

Eran las dos de la noche y la mortecina luz de la luna iluminaba el mar y la costa, las nubes corrían de forma alocada y arrojaban sombras de otras vidas ya fenecidas sobre el Parador. Pablo intentó mantener la calma y la sangre fría, como acostumbraba a hacer cuando algo que le superaba se plantaba en su camino. "Lo que acabo de leer es una gran novela. De eso no hay duda", se dijo. Y a continuación un pensamiento se erigió, con la fuerza incontestable y evidente de una montaña en medio de una llanura. "Sin duda será un éxito porque es la culminación de toda una vida, la herencia de una biografía intensamente vivida, exprimida con la valentía y el arrojo de quien no tiene nada que perder, de quien se entrega sin reservas a lo que hace."

También se hacía evidente la idea que quería ignorar, que no quería admitir. "Yo podría presentarme como el autor. Aunque primero tendría que saber si cuando dijo que era la única copia era cierto o no." Siguió caminando, las ideas fluían ahora rápidamente calculando posibilidades, buscando razones, inventando situaciones que podrían ocurrir.

"No, no puedo hacerlo. El libro no es mío." Pero por otro lado y al mismo tiempo, la propia novela peleaba contra esa idea. Lo que acababa de leer se revelaba contra ese pensamiento de hacer lo que debía. Los personajes tan vivos, tan reales, tan bien definidos y tan cercanos, ya tenían existencia propia en su memoria. "Sí, lo haré público, intentaré que se edite. Podría pedir ayuda a Carmen, ella conoce el mundo editorial y me echará una mano."

Pero inmediatamente la tentación se afianzaba: "Me lo voy a atribuir yo: haré que sea mío". El deseo era tan fuerte, tan persistente, tan poderoso, que entendió enseguida que la decisión estaba tomada.

Al día siguiente recogió las pocas ropas que había traído y dejó la habitación. Cogió el coche y volvió a Madrid. No miró hacia atrás en ningún momento.

IV

Inés se removía incómoda en su asiento. La tormenta que descargaba toda su furia golpeaba sin compasión el techo del coche. Miró por un momento a Pablo.

—No te entiendo. ¿Tienes algún problema con este sitio? Es un parador. Con la que está cayendo no podemos seguir viaje y estamos justo al lado. ¿Es que no tienes ganas de darte una ducha y descansar?

Pablo siguió conduciendo en silencio. Todo lo que decía era cierto pero no quería volver allí, al Parador donde había conocido a Aurora, donde ella le había entregado la novela. El libro que él no había escrito y al que ahora se lo debía todo.

Como había intuido desde el mismo momento de empezar a leerla una noche hacía ya tres años, la novela fue todo un éxito. Decidió arriesgarse, aún sabiendo que si en algún lugar había otra copia del texto o algún borrador, alguien podría acusarle de plagio. Probó suerte y ganó. El libro se publicó y en cuestión de meses las ventas se dispararon a pesar de ser un autor desconocido. Entonces pudo dejar el despacho y vivir de los beneficios del libro. Más tarde vinieron las alabanzas de los críticos y por último los premios. Durante un tiempo se había convertido en el autor revelación, en la estrella invitada en todas las fiestas. En definitiva, en alguien muy popular. Había logrado eso que muchos pretenden y que sólo algunos logran: el éxito.

Después apareció Inés. Y sin darse cuenta se enamoró de ella. Su pelo rubio y corto resaltaba el óvalo de su cara y unos ojos indefinidamente azules y profundos como el mar. Llevaban juntos un año y todavía, algunas mañanas cuando despertaba a su lado, Pablo se quedaba quieto, como embobado, observándola mientras dormía, recordando al ritmo de su respiración su cuerpo desnudo y su risa sincera.

"Creo que te quiero" pensó mientras conducía. El chasquido seco de un rayo le hizo volver a la realidad.

—Está bien —dijo Pablo— iremos al Parador y dormiremos allí esta noche.

Empezaba a lamentar haber escogido Galicia para aquellas vacaciones. La sola idea de volver allí aunque sólo fuese a pasar noche, le molestaba.

Una vez dentro del edificio se dio cuenta de que todo seguía como lo recordaba, como lo había almacenado en su memoria. Mientras se encaminaban a la habitación Inés dijo:

—No entiendo por qué no querías parar aquí. Con lo bonito que es este edificio.

Pablo calló.

Ella fue la primera en pasar a la ducha y después de veinte minutos bajo el agua salió del cuarto de baño envuelta en una toalla. Pablo se sentó junto a la ventana y pasó un buen rato mirando al mar.

—¿Qué miras? ¿qué te pasa? Estás muy raro —dijo Inés— ¿Qué haces mirando por la ventana como si estuvieses hipnotizado?

Pablo se volvió y la miró en silencio, su mirada quería decir muchas cosas pero no acertó a expresarlas.

—Yo tengo la solución —dijo Inés entornando los ojos y poniendo esa expresión de malicia que tanto gustaba a Pablo. Dejó caer la toalla sobre la alfombra y muy lentamente avanzó hacia él.

A las cuatro de la madrugada Pablo se incorporó sobre la cama. No conseguía dormir. A su lado Inés dormía plácidamente. Los recuerdos de lo ocurrido allí hacía tres años le perseguían. Aurora volvía a estar presente. Durante algún tiempo sintió una cierta culpabilidad por lo que había hecho, pero apenas duró unos meses. El éxito, con su manto suave y brillante, se encargó de borrar cualquier tipo de remordimiento.

Pero ahora y allí, la presencia de Aurora, las largas conversaciones con ella, y sobre todo los recuerdos de lo ocurrido en aquellos días, volvieron a estar tan frescos y presentes como si hubiesen ocurrido el día anterior.

En silencio se vistió y salió a dar un paseo. Como cuatro años antes anduvo en medio del frío de la noche. "Por suerte ya no llueve", pensó. Pero su mente no estaba ocupada por la meteorología. Continuó paseando como si el movimiento sin rumbo, errático, sin más función que el puro desplazamiento, espantase los fantasmas que para él habitaban en ese sitio.

De pronto una mano le tocó en el hombro. Pablo se estremeció y lentamente se volvió. Inés le miraba con cierta extrañeza.

—¿Qué te pasa? ¿creías que era un fantasma?, claro que a estas horas y en una noche así sería lo más probable —Inés calló por un instante y buscó los ojos de Pablo—. Estás muy raro, te ocurre algo. No sé... pero creo que es este sitio. Ya has estado aquí antes ¿verdad?

Pablo pasó las manos alrededor de su nuca y soltó un suspiro.

—Sí. Estuve aquí hace tres años —después de dudar por unos instantes continuó— tengo que contarte algo.

Tras tanto tiempo guardando silencio sobre lo que realmente ocurrió en el Parador de Bayona, le explicó a Inés el encuentro con Aurora, el manuscrito dejado en su poder por ella y su muerte repentina. Cuando finalizó Pablo se sintió aliviado, descansado, como si una sombra que durante mucho tiempo le había acompañado fielmente acabase de abandonarle para siempre.

Después, los dos permanecieron en silencio, sentados en un banco de piedra, sintiendo la noche fría y enemiga de todo lo humano que les rodeaba como un mar negro y profundo.

Pablo habló primero:

—Así que ésta es la verdadera historia. Ahora, cualquier decisión que tomes la comprenderé. En cierto sentido soy un fraude y no tienes por qué seguir con una persona que te ha engañado, que ha engañado a todo el mundo.

Inés no contestó, cogió la mano de Pablo, la apretó fuertemente tratando de transmitirle todo el calor que pudo y dijo:

—No te voy a dejar en la estacada ahora. Lo que me preocupa eres tú. No puedes seguir viviendo con esto a cuestas. Tendrás que hacer algo al respecto.

Pablo guardó silencio.

—En todo caso, sea lo que sea, no creo que lo decidas esta noche —continuó ella— vamos dentro.

Y lanzando una última mirada al océano ambos se encaminaron hacia el calor y la promesa de las caricias más tiernas que les esperaban en la cama.

V

Dos años y unos meses después de aquella noche, Pablo Noviercas publicó su segunda novela titulada *Tendrás mi amistad*.

La crítica, totalmente entregada tras *La sombra de la luz*, no reparó en elogios hacia su obra. No obstante, lo que todos resaltaron fue el cambio de estilo que se observaba entre los dos libros. Aunque sin duda, lo que más dio que hablar fue la enigmática dedicatoria que *Tendrás mi amistad* incluía:

"Dedicado a Aurora Crespo, autora de *La sombra de la luz.*"

El revuelo que se organizó cuando el libro se puso a la venta fue considerable. Periodistas, críticos, incluso algunos escritores, emitieron toda clase de opiniones y juicios sobre lo que esas palabras significaban. Pero Pablo había desaparecido junto con Inés. Nada se sabía de él y por tanto no tuvo que dar explicaciones. El editor del texto, absolutamente encantado con la polémica que incrementaba notablemente las ventas, sólo pudo decir que el autor estaba de viaje en algún país que él desconocía. Los ingresos que el libro le iban reportando eran depositados en una cuenta bancaria y ésas eran todas las noticias que tenía de Pablo.

Éste había pasado casi dos años totalmente dedicado a escribir. Luchó consigo mismo hasta la extenuación para sacar lo mejor que llevaba dentro. Era su forma de pedir perdón a Aurora y en general a todos aquellos que habían leído *La sombra de la luz.* Se lo debía a todos ellos y a sí mismo.

Sólo sus más allegados recibían de vez en cuando alguna llamada telefónica. Durante el periodo que pasó fuera de España, realizó alguna visita esporádica que inmediatamente era seguida de otro viaje hacia algún punto del globo.

Después de cinco años de viajes y desapariciones, Pablo e Inés regresaron a España y se instalaron en un pequeño pueblo. A orillas del mar.

Ya nadie se acordaba de él, aunque sus libros siguieron siendo leídos; incluso tras su muerte, que se produjo muchos años después.

Aunque Aurora y Pablo solamente se encontraron durante dos días, él se acordaba con frecuencia de aquellos dos días que pasó con ella. Sus vidas, por una extraña jugada del destino, quedaron entrelazadas inevitablemente.

La sombra de la luz del recuerdo de Aurora acompañó a Pablo hasta el final de sus días.

La historia del Monje de los Caballeros
Antonio Luis Vera Velasco

...se hace camino al andar.
Antonio Machado.

Reconozco que fue el hambre, simplemente el hambre, lo que hizo que me detuviera en aquel Parador al encontrarme la señalización de su cercanía en un recodo de la carretera. No recuerdo bien si el nombre del pueblo era Gondaisque, o si estaba en los alrededores de otra de las innumerables aldeas desperdigadas por las laderas de los montes de Candeiro. Sólo sé que me encontré frente a una hermosa torre octogonal y un evocador puente levadizo, que bajé del coche sintiendo las heladas y minúsculas gotas de agua resbalando sobre mi cara y el gris del cielo. Un gris sedoso y frío, dulce y pulsátil, corpóreo, abocado a la tierra como las hojas de un sauce melancólico y que casi se dejaba acariciar, como las lágrimas de una mujer enamorada. Luego, al allegarme al comedor, el ambiente tibio de un refugio amigable y la voz bruna, mesurada del *maître* preguntándome si deseaba un aperitivo antes de almorzar.

Llevaba bastantes horas conduciendo, por lo que verdaderamente no reparé en aquel anciano hasta que un vino bonancible de Albariño y una buena centolla aplacaron mi apetito. Lo cierto es que soy una persona que antes se deja enredar por el aroma de una olla podrida que por el perfume sibilino de una mujer entregada. De hecho considero el vaho de un buen guiso una morbosidad metafísica, y los efluvios esotéricos de un bogabante un numen existencial; pero, aunque la textura albugínea y casi entrañable de la centolla atrajo en principio toda mi atención, una vez tranquilicé las profundidades de mi estómago con sus bocados sensuales, no pude menos que fijarme en él. Era de rostro afilado; el pelo nevado y corto, pulcramente recortado a lo cuartelero. El mentón había sido poderoso y aún guardaba algo de su voluntariedad y firmeza. Sus ojos, azules y brillantes, ligeramente socarrones, rabiosamente vivos, dejaban entrever toda la astucia afectuosa de un campesino pontevedrés. Vestía un usado jersey de marinero y se protegía del frío con un chaquetón de lana. Contemplándolo allí, en su mesa, un poco más allá de la mía, junto a la ventana, con su mirada perdida, las manos serenas apoyadas sobre el bastón y aquella actitud de cálido recogimiento y dignidad; me pareció la evocación de un antiguo tribuno, la sombra de uno de aquellos patricios que se reunían en los aforos abiertos a la libertad del sol, cuando aún los dioses manes regían las vidas ecuánimes de los primeros romanos. Ciertamente no soy dado a poesías, pero en efecto lo pensé: cincelado en el claro-oscuro de la ventana, envuelto en el murmullo leve de la llovizna que se dejaba oír a través de los cristales; aquel anciano tenía el decoro y la entrañabilidad de un hombre de bien, la serenidad melancólica de un hórreo en los atardeceres otoñales.

Fue él quien me habló, cuando me enfrentaba al café y a una copa de anís.

—Usted no ha probado el orujo de hierbas, ¿verdad?

Su voz era íntima, parva; un aleteo de golondrina. Tenía el timbre de la sabiduría y la precisión condescendiente de los años.

Bastó que le indicara que no para que me sugiriera que me tomara una. Luego se quedó observándome, como un viejo halcón desde las eternidades de sus repechos inmemoriales y, tras que me la sirvieran y al ver mi gesto de aprobación, me dijo:

—El orujo de hierbas es el espíritu de las *bouzas. Escorrenta* las amarguras y escarda *o corpo,* librándolo de sofocos. ¡Pena que mi salud ya no lo resista!

—Es la ley de los años, que no pasan el balde...

—Hábleme más fuerte, soy un poco sordo de este oído —me informó.

Me levanté y me acerqué a su mesa para repetirle mi contestación. Le expresé mi deseo de invitarle y me respondió que no, aunque me señaló que no obstante le agradaría mi compañía, si es que no lo consideraba como una impertinencia y no llevaba mucha prisa.

—La juventud ya no tiene tiempo... Siempre de un sitio para otro... No para, como las torrenteras... ¿Usted va a Santiago?

—Allá voy; por asuntos de negocios.

—Ruta de peregrinos lleva entonces —afirmó—. Ahora pasan muchos en sus automóviles, pero ya casi nunca tienen tiempo para hablar. Antes sí, siempre se detenían y hablaban... Yo les he viso a lomos de bestias, cabestreando mulas. Otros en asnos marelos; en carros de bueyes, que traqueteaban abafados con una muchedumbre. Las mujeres arriba, con los hijos y los bultos; los hombres a pie, muchos; pero muchos que le digo. Entonces la carretera era dura, sendero casi toda, y en invierno era un fangal. Y se detenían aquí, para hacer la *noite*, que se les echaba encima. En este pueblo, que era una aldea. Le hablo de mucho antes de la guerra, claro. En tiempo de mi padre; de niño. Casi siempre había alguien que iba de ocurrente, y se colocaban, bajo aquel grupo de *enciñas* que ve, a escuchar sus cuentos alrededor de la lumbre. Allá fuera. En aquel herbaje que está al lado de la fuente... Se vendía *maiolas*. Yo vendía *maiolas*, castañas pilongas, ¿sabe usted? Se vedían bien las *maiolas*... Ya no. Ahora no va nadie de pedigüeño, como antes, a pie, cruzando los reboledos y recogiendo avellanas... ¿Y dice que no va de peregrinaje? —acabó insistiéndome.

Al asegurarle que no era el motivo de mi viaje, y que no tendría tiempo siquiera de acercarme a la fachada del Obradoiro, el anciano pareció sentirse desencantado y, con cierta timidez patriarca, me recalcó:

—Si se tiene la oportunidad de rezar al Apóstol, hay que hacerlo. El hombre sigue siendo pecador, aunque ahora sean otros tiempos y tenga la sesera aireada. Nunca se sabe, le digo. No sabemos cuándo Dios nos llamará con cualquier alfolesía de su voluntad, y conviene, le aseguro a usted, tener el apoyo del santo cuando el arcángel tasador pese las arrobas de los pecados. Eso da sosiego, sí señor. Pero mucho que le digo. Sí, sosiega saber que el santiño estará allí, para cuando a uno le cubra la tierra en el sepulcro que le cuento. Y es que, sepa usted, pocos tienen la suerte del Monje de los Caballeros, y de un repente se han encontrado a las puertas del cielo, con San Pedro mirándoles enfurruñado y el *cheiro* de sus ruindades atufándoles las narices. Muchos, sí. Yo sé que muchos han visto las espaldillas al diablo y rascándose los costillares. Y entonces, todos a preguntar por el Apóstol. A decirle a cualquier bendito que pase por allí, que lo llamen para que les dé una ayudita. Y eso después, cuando en vida ningún caso le hicieron.

Aunque se me hacía algo difícil el entenderle, me atrajo la atención del sobrenombre del monje del que me había hablado. La charla amigable del anciano, la tibieza del local, el rumor de la lluvia, el sopor dulce del almuerzo y aquel ligero cosquilleo que el orujo producía en mi imaginación; también me inducían a no retomar mi camino, por lo que decidí demorar durante un rato mis obligaciones con la excusa de conocer la historia de aquel personaje cuya buena fortuna me destacaba.

—Fue hace muchos años, pero muchos que le digo. En los tiempos aquellos que los hombres estaban de batallajes con los moros y antes de que se construyera esta torre, que la hicieron unos que les decían los *Andrade*. Entonces, ¿sabe usted?, iban con espadas y escudos; y por un quítame de aquí este granito de polvo, se liaban a trompadas, organizando una tremolina de cuidado. Y nadie supo nunca su verdadero nombre, por lo menos, nadie de por aquí lo supo, que yo conozca, así que no me pregunte quiénes eran su parentela. Lo único que puedo decirle es que no tenía familia en el pueblo, y ya es un dato. Otro es que no siempre fue monje, con lo que le doy dos; y un tercero es que el hombre era *enamoradeiro*, o por lo menos así lo famea la historia.

"Entonces había un puente allá abajo, cerca de la casona que apodan *O Rulete*, que queda al lado de un camino que lleva a un pazo que llaman *Sistallo,* por las lindes de la *Terra Cha*. Era un puente que habían construido los romanos, según contaban, y que ayudaba a cruzar el riachuelo de Ferriroa cuando lo embravaban las crecidas invernales. El puente tampoco está, así que no lo busque usted —me aclaró—. En fin, que este guerrerote llegó un día al puente y, como a los hombres les daba entonces por las baladronadas, dijo que allí ni pasaba nadie hasta que alguien lo venciera en singular combate. Eso del singular combate era de uno en uno y no a rebujón, que también luchaban así cuando les daba por organizar una batalla. Y más gordas que las hacían, no crea... Pero, en fin, pues bueno, que cruzar el puente era la mejor forma de solventar las dificultades de ese ramal del camino; así que puede imaginar la gracia que les hizo a los viandantes el encontrarse allí con el calatravo armado de punta en blanco; rebolludo y amajado, montado su roano cariodelantero, con todos sus atavíos de guerra, la vista del casco bajada y el lanzón... Sí, era toda una impresión —el anciano hizo un aparte, para luego proseguir—. Pero no crea que el caballero acometía a todo el mundo. Sepa que, en aquellos años, los paladines tenían muchas consideraciones con los hombres sencillos. Los aldeanos, los herreros, los besteriarios, las viudas y los sacristanes cruzaban el puente sin que se les pusiera el menor inconveniente. Lo más que hacía era que, como bravuconeaba de enamorado, como ya le he contado, a las rapazas les echaba algún chicoleo migueletero, mientras a las casadas les repiqueteaba alguna finura sochantra, pero para que se sonrojaran nada más. En verdad el caballerote sólo estorbaba el paso a sus iguales, que tenían que cruzar sus armajes con él.

"Y el caballero, que aún no era monje, como le digo, no daba abasto con el espadón. En aquella época venían muchos nobludos en peregrinaje, con lo que el buen hombre estaba de disputa cada dos por tres.

"Pero nadie lo vencía, ni a pie, con maza y espada pintada; ni al galope, con hacha y yelmo soldado. Los aldeanos lo miraban y decían: 'Gran Lancerote es éste, pero mejor sería que gastara sus fuerzas espantando a infieles y dejara de importunar en nuestro puente'; porque, cuando los labriegos venían al anochecer a recoger su ganado, o a la puesta de sol volvían con sus bueyes de recoger una carretada de heno, a lo mejor el del espadón seguía allí con el combate que empezara al alborear y, claro, los pobriños tenían que quedarse esperando a que acabara para poder cruzar el río. Pero, así y todo, los de la aldea le acercaban cosas de comer, y es que en el fondo lo apreciaban, porque el hombre era valiente y ellos admiraban su bravura y destreza.

"Pero fue un día de aquéllos, en que el caballero estaba tranquilamente sentado y sin meterse con nadie, comiéndose una *xoubiña* y acabándose una azumbre de Ribeiro, que acertó a pasar por allí una joven acompañada de su dueña y de su hermano. Eran gentes de apellido, e iban huyendo de la peste, a visitar al santiño para que les hiciera la merced de evitarles aquel tufo que enfermaba como una bruja chuchona. Y entonces el caballero que ve a la muchacha y que se prenda, y que mira al hermano y se acalora. Y, en unos segundos, aquí tenemos al caballero diciendo que allí no pasaba ni el propio marqués de Riobó, aunque la rapaza sirviera un Tedeum por su belleza, y al otro, al hermano de la muchacha, que no le perdía en lenguaraz, gritando que eso ya se vería. En un santiamén estaban como famélicos ante filloas, atragantándose la tortada a espadazos. Y como el mozo, aunque animoso, era arrebatado y bisoño, no tardó en caer herido en una estocada. Viera usted el cariño de su hermana y la dueña recogiéndose, amparándole y llevándole, con todo mimo y cuidado, hasta el pie del robledal... era conmovedor... La joven le decía al caballero que la dejara pasar y llevarse al herido al pueblo para curarlo, pero éste erre que erre, que no. Que él no podía romper su promesa porque su hermano no había fenecido. Que los hombres, que eran caballeros como él, o le vencían, y allá a otro el después, o nada más podían cruzar el puente con los pies por delante, en dirección al camposanto. —¡Vea usted hasta dónde llega la soberbia y el desatino! ¡Compruebe la sinuosidad del demonio! Al caballero, sin darse cuenta, los satanillos de la soberbia le habían ido royendo el alma y las mandíbulas de la altanería, y ahora el pobre hombre estaba obcecado en la cabezonería y la sinrazón.

"Pero fueron pasando los días. Las mujeres cuidaban del herido y, al mismo tiempo que la salud de éste se apagaba, en el corazón del caballeriño fue naciendo el amor hacia la bella rapaza. Viendo el cariño con que cuidaba al hermano; la solicitud con la que le enfriaba su frente perlada por la fiebre, la paciencia que gastaba para que comiese un bocado de pajarillo, o la devoción con la que le recogía en su seno cuando le asaltaba el dolor; el caballerote fue sintiendo que su coraza fría de varón fuerte se iba quebrando con sentimientos de ternura. Pero no vaya usted a creer lo contrario. El caballero, ante esto, no cambiaba de idea. Y sepa que, aunque se acercaba muchas veces a preguntar, porque el hombre era tozudón, pero sentido en el fondo, no se echaba atrás, y es que así se creía que ganaba en fama y engordaba la admiración en la rapaziña y su hermano, como gentes de apellido y linajudos que eran en cantidad. De este modo, ante las respuestas de la rapaza, se retiraba roto en dos, pero sin el valor necesario para romper su promesa y tirar sus pedazos al viento. ¡Sí señor, se marchaba carcomido por la angustia, pero sintiéndose incapaz de rectificar!

"Y un amanecer al caballero lo despertaron los alaridos de la dueña. Y hacía muchos días que por el camino avanzaban infinidad de gentes de toda condición, y todos iban a lo mismo, a que el santiño intercediera ante Dios y les protegiera de la peste que le conté. Y cuando el caballero, a los gritos inquietantes del ama, se incorporó sobresaltado, presintió que hasta su puente habían llegado aquellos aires corruptos de los que todos hablaban. A las primeras luces del sol vio el cuerpo del muchacho reclinado sobre su hermana, apoyado sobre el tronco poderoso de un Carballo. Y no tuvo que acercarse para darse cuenta de que ambos habían perecido. El joven muchacho por sus heridas, y su tierna hermana por aquella podredumbre de los aires. ¡Sí señor! ¡Esta vez sí que el caballeriño sintió que se le rompía el alma en pedazos! ¡Ya le digo, en trozos como puños! Entre los lamentos desconsolados de la dueña, el pobre guerrerote vio al demonio colgando de los jirones de su alma, carcajeándose de sus vanidades disparatadas. ¡Y por primera vez sintió el lanzazo del olvido, mire usted qué cosas tiene la vida! Y es que, al ver muerta a su amada, por fin comprendió la estupidez de su petulancia, entendiendo la atrocidad de su endiosamiento; y fue entonces cuando se despojó de su armadura, tiró la espada, montó en su roano batallador y emprendió la marcha.

"Al poco ya estaba a los pies del santiño, pidiéndole que le dijera a Dios que lo perdonara; por sus ruindades que le digo. Le remordía, ¿sabe?, pensar en todos los que había despeñado por el puente sin pensar siquiera si estaban en paz con Él. Y fue entonces cuando tomó los hábitos y se hizo monje. Y cuentan, de cuando ya era fraile, que nunca dijo su nombre para curarse del pecado de su soberbia, por lo que todos le conocían como el Monje de los Caballeros, ya que, cuando se encontraba con alguno rindiendo sus armas, postrado al pie del altar, le narraba la historia para intentar hacer ver la misericordia de Dios, que le daba, en su infinita bondad, una oportunidad para reparar sus faltas... antes de acabar acostado en el sepulcro o pudriendo sus huesos en cualquier fosiña olvidada de los caminos."

De esta manera acabó el anciano su historia. Entonces conversamos un poco más, hasta que el tiempo se me vino encima. A continuación le di las gracias por su amabilidad y decidí marcharme, saliendo de nuevo con la lluvia. Mientras abría la portezuela de mi automóvil, vi que el anciano estaba de pie y me observaba por los ventanales. Le dije adiós con la mano, pero no respondió a mi saludo. En aquel momento pensé que los viejos son gente extraña y que aquel lo era aún más, pero un trueno, que me recordó la voz ronca del gerente con el que había quedado, me avisó que llegaría tarde a la reunión si no me daba prisa. De este modo decidí apartar las rarezas del amigable anciano de mi pensamiento y me introduje en el coche, arrancando el motor.

Llevaba apenas cinco minutos conduciendo cuando la lluvia cesó. Luego, sin saber muy bien cómo, otra vez comencé a pensar en el viejo. No debía de tener mucho apetito o debía de haber almorzado antes de que yo llegara. Durante el tiempo que había permanecido en aquel comedor, nadie parecía haber reparado en él. Sí, seguramente el viejo estaba reposando el almuerzo, porque ciertamente, en un día tan desapacible, apetecía quedarse allí...

Y fue, entonces, que le vi, al tomar una curva. Era el anciano, y estaba a unos veinte metros del arcén. Observé que levantaba una mano y me saludaba. Frené de tal modo que casi derrapo. No, aquello no podía ser. Miré hacia atrás, pero había desaparecido. Bajé del coche y me acerqué al lugar donde lo había divisado. Entre la maraña de los helechos, nacían unos cuantos castaños y, a unos quince metros, se iniciaba la ladera de una colina. Su desnivel me señalaba que era casi imposible que un hombre de su edad hubiera subido por allí, y menos aún en tan poco tiempo. Además, aquel viejo lo había dejado en el restaurante, y ningún automóvil me había adelantado en el caso de que se hubiera desplazado en uno y en mi misma dirección. Lógicamente, lo que me pasaba era que llevaba demasiadas horas conduciendo y estaba fatigado. No, no era extraño que la imaginación me hubiera jugado una mala pasada... Pero el sentido común me decía que otras veces había estado incluso más agotado y que jamás me había ocurrido algo parecido... Sí, lo mejor era regresar a mi automóvil y no pensar más en ello...

Y entonces comprobé que el hombre es un ser abocado a los sueños. Mientras abría de nuevo la portezuela del coche, repentinamente me asaltó la imagen de un guerrero paseando su angustia por los atrios de una apacible y silenciosa catedral, sumido en sus reflexiones y carcomido por la desesperanza de un tardío arrepentimiento. Un guerrero, ya anciano, que me observaba desde el fondo de su soledad y parecía pedirme que me mirara en él. Un guerrero convertido en monje y que, en mi imaginación, era aquel monje que había conocido vistiendo un jersey de marinero y que, en silencio, me decía que en la vida, para conquistar un puente o lograr aquel contrato que anhelaba, había a veces que el éxito sólo se podría obtener si uno dejaba de empecinarse en conseguirlo, modificaba el objetivo y dejaba de luchar...

El despertar

Vicente Marco Aguilar

Un clavo saca a otro clavo e una llaga sana a otra.
Don Juan Manuel.

*El ánima que no se puede ver
después de la muerte puede aparecer.*
Don Juan Manuel.

He retornado al patio donde tuve la última conversación con mi padre. No ha cambiado: la mesa es la misma, el pozo es el mismo, la escalera que sube hacia las habitaciones, la misma; también el balcón, los maceteros, las plantas, el soportal, la entrada al restaurante.

Sentado en el mismo lugar en el que don Manuel concibió *El conde Lucanor*, los gruesos muros del castillo deberían trasladarme a tiempos remotos, a la época medieval; sin embargo, en mi viaje no voy más allá de tres años.

Es curioso observar cómo, a pesar de la raigambre y la estabilidad del edificio, todo parece distinto. Porque la hermosura de los lugares depende del estado de ánimo del observador.

Hoy, sentado a la mesa, no pienso en que ésta fue la casa del infante. Ni en el privilegio de ocupar el espacio donde creó su obra. No pienso, como decía mi padre, que éste es un lugar histórico, que para conquistar la fortaleza, Martin Ceballos escaló a pulso la muralla con la única ayuda de sus brazos y de dos dagas. No respiro hondo para llenar mi alma del aroma de otros tiempos, ni me siento vestido con capa y espada.

Sólo siento que aquélla fue la última vez que hablamos.

Veníamos a menudo, cada dos o tres meses, adrede, con el único objeto de admirar el pueblo; visitar sus innumerables iglesias; caminar por sus calles empedradas; henchirnos de los aromas de la pinada mientras almorzábamos, contemplando la grandeza de las hoces en cuyas paredes anidan los buitres; y paladear un café en —así la denominaba— la *terracita de don Juan Manuel*. En esto ocupábamos un fin de semana.

Hacía falta madrugar mucho para no ir con prisas en nuestra delectación, *pues la premura ahoga el gozo, y sólo la contemplación serena y el sosiego permiten disfrutar de este lugar como merece.*

Después, teníamos la costumbre de bajar andando hasta el pantano. No era lo mejor del viaje, ni mucho menos, era el paseo obligado de mi padre según las prescripciones médicas. En otras circunstancias, posiblemente, hubiésemos agotado nuestro tiempo arriba, sentados en la plaza, charlando, mientras la magia de otras épocas nos envolvía y comenzábamos a sentirnos hombres del pasado.

Porque en Alarcón, el pasado se ha establecido para siempre.

Como el viajero a quien agrada una ciudad y decide convertirla en su residencia.

A pesar de su atractivo turístico, en las rocas no han nacido bloques de hoteles edificados según el horrendo patrón arquitectónico de los años sesenta, ni tampoco sus calles se han poblado de pizzerías o restaurantes con comidas en francés, ni de tiendas donde vendan ceniceros con el nombre de Alarcón o figuritas de barro y porcelana. No hay nada de eso. Todo permanece tal y como lo crearon nuestros antepasados.

He venido solo. Deseaba repetir nuestro periplo aventurero —ésa era nuestra única aventura—, porque pensaba que si visitaba uno por uno todos nuestros hitos, en el escrupuloso orden que él imponía, si mi viaje solitario era una réplica exacta de los anteriores en compañía de mi padre, conseguirla estar más cerca de él.

Pero a pesar de la estabilidad de este lugar, todo es diferente.

Ni siquiera la *terracita del infante* parece la misma. Ahora todo me parece más hermoso porque lo observo con los ojos de la nostalgia. Es una hermosura triste, que cala más hondo que la hermosura alegre. Porque la hermosura alegre es hermosura y ya está.

En cada rincón recuerdo la voz de mi padre, sus sentencias sabias y sus consejos.

Lo veo, grueso, viejo, apoyado en el bastón vencido por el peso de su cuerpo.

Escucho su carraspeo incesante y sus palabras en diapasón, como si la serenidad de su alma se trasladase a su habla. Lo veo en cada paso, lo huelo. Como si todavía estuviese cogido de mi brazo, renqueando, al tiempo que se reía de su debilidad. Con su vestido negro, siempre negro desde la muerte de mamá, y su barba larga y cenicienta.

Entonces yo lo acompañaba por mero compromiso, sin penetrar en él mientras señalaba, sin atender a sus vanos intentos de viejo loco que intenta inculcar en la mente de un mameluco las grandezas del mundo; que intenta abrir unos ojos que sólo se abrirán en cuanto los suyos se cierren.

Como si yo fuese el eslabón de una cadena de nostalgias.

Porque para él, Alarcón estaba lleno de recuerdos.

Por eso señalaba con tal ímpetu; por eso el coraje le hacía caminar más rápido, sin sentir el dolor que yo sentía en los pies por culpa del empedrado de las calles. No se acordaba del reúma, de la artrosis, de la descalcificación. Me arrastraba arriba y abajo, abajo y arriba, arriba y abajo, hasta que me rendía exhausto.

Cierto, éste no es el mismo Alarcón en el que paseamos de veras. Ahora no puedo mirar las calles empedradas sin que se me escape alguna sonrisa tierna o alguna lágrima. No puedo saborear la placidez y la serenidad de estos parajes pues mi corazón se acelera, se acelera, se acelera en cada recuerdo.

Y me gusta.

Me gusta mucho más este Alarcón en guerra que el Alarcón de paz que nos acogía con sus mañanas soleadas y su viento frío y seco.

He comido abajo, en el pantano, encima del puente. Una bolsa de comida que el día anterior preparé en casa. He seguido la misma dieta de mi padre. Después llegan las dos horas de reposo escuchando el sonido del agua que corre entre los guijarros como si moviera cascabeles.

Tras el receso, asciendo hacia la colina donde papá y yo vivimos nuestro último atardecer.

Alzo las solapas de la chaqueta y con las manos en los bolsillos aguardo a que se apague el día. Vuelan bandadas de pájaros que dibujan figuras negras en el cielo. Parecen las mismas figuras de antes.

Las que señalaba mi padre, jocoso, y a las que daba nombres de constelaciones pues podía jactarse de amplios conocimientos astronómicos. Esas mismas figuras extrañas que años atrás me provocaron carcajadas. Entonces sólo eran figuras en el cielo, distantes, cientos de pájaros batiendo sus alas ordenadamente para alegrarnos. Ahora las siento, quizá del mismo modo como las sintiera él, dentro de mí, como si fueran mías. Como si sólo yo tuviese derecho a mirarlas. Y las amo.

El cielo, como en nuestro último atardecer, enrojece avergonzado en el horizonte cuando el sol lo acaricia. Desde *nuestra* colina el espectáculo eriza los pelos. No se escucha nada, sólo el carraspeo de mi padre llega desde los confines remotos de mi memoria para brotar con fuerza en la realidad, en un intento de que todo sea como fue entonces, durante tanto tiempo. Ya no quedan figuras negras en el cielo, el torreón brilla como si fuera de oro, y abajo, el río y el pantano se tornan de plata. Todo está en silencio.

También este atardecer es mío. Nuestro, sólo.

Su hermosura no tiene parangón con el último atardecer que vivimos juntos. Ahora ambos —tanto el atardecer como mi padre— están dentro de mí. Ambos refulgen en mi pecho. No soy un observador: formo parte del espectáculo; estoy dentro.

En el mismo instante en el que el sol desaparezca, debo acudir a toda prisa a la otra punta del pueblo, al lado del cementerio, para ver cómo ennegrecen las hoces en el ocaso. No hay que acercarse mucho al borde pues existe un gran precipicio y las piernas del padre están ya débiles por la edad.

Hacia allí me encamino una vez el horizonte engulle la coronilla del sol. En frente de las hoces, una calma similar a la de antaño me da las buenas noches. Recuerdo que mi padre aguardaba la negrura sentado en una gran roca, con las piernas cruzadas y la barbilla apoyada en el bastón. Mientras oscurecía, sus labios estaban sellados, sus ojos alerta, como si fuera capaz de comprender que en algún momento estaría flotando por allí y yo sería capaz de notar su presencia, de inspirar los efluvios de sus átomos, de escuchar el sonido de todas sus partículas reunidas para carraspear.

Mi atardecer, mi noche; las estrellas puntean el cielo. Hay más estrellas aquí que en cualquier parte del mundo. Es su gran momento: don Juan Manuel, Arcipreste, Cervantes, Lope, Calderón, Fray

Luis y todos los grandes que menta a menudo se retiran a dormir. Sólo quedan entonces las estrellas. La primera parte, antes de la cena, soportando el gélido viento mientras recita las constelaciones y habla de algunos planetas. Refulgen sus ojos como dos estrellas más. Las conoce como si hubiesen sido amigos eternos. Su voz se vuelve grave, su bastón señala al cielo y desde lejos —desde la distancia que imponen los años— puedo ver su silueta negra dibujada encima de la roca una vez más, mientras la luna lo mira con cara estúpida, acongojada por su sabiduría.

Grito el nombre de mi padre, y las paredes de piedra, sabias, en la oscuridad, repiten con su voz vibrante pero nítida mi llamada. También ellas lo echan en falta. También ellas suplican que regrese a su roca y zarandee el bastón de un lado a otro buscando estrellas.

—Todavía está aquí —voceo.

Y ellas, entusiasmadas, constatan:

—Todavía está aquí.

Después llega el rito de la cena. A las nueve regresamos al Parador; de camino, sueña con el lechal que ahora descansa encima de la bandeja al lado de algunas patatas y algo de verdura, horneado con hierbas aromáticas.

—Así sabe este monte.

Y paladea lentamente con su boca sana. Se enjuaga con el vino tinto de la casa: un Marqués de Cáceres que tiñe el vaso; pide un postre de fruta para los dos, porque los helados y los dulces estropean el estómago, y retomamos con sus fieles amigas.

Son dos horas más de frío y viento. Dos horas insoportables.

Antes.

Porque hoy son dos dulces horas. Hace frío también, y aunque voy bien abrigado me tiemblan las manos y las mandíbulas. Pero podría estar aquí encima eternamente, mirando, inventando nombres de constelaciones y buscando a papá por el Universo. Podría no regresar nunca y quedarme como él, en esta roca, para formar parte del paisaje.

La nostalgia le da sabor, aroma, luz, voz a las cosas. Gracias a ella puedo sentir que todas estas experiencias únicas me pertenecen, y que nunca alguien será capaz de encontrar tanta hermosura aquí.

Sin embargo, cuánto daría por retomar de veras con él, cuánto daría para que todo fuera como antes, para que estos parajes fueran alegres y fríos.

Distantes.

Ojalá pudiera regresar a los cimientos, a la base, para ver con estos ojos de ahora estos mismos lugares, para disfrutar de ellos con la misma fuerza que hoy siento. Para apropiármelos.

Y compartirlos con él.

Cierro los ojos y siento que me susurra. ¿Cómo he podido ser tan necio? ¿Cómo he pasado de largo las grandes escenas de mi vida y sólo he sido capaz de apreciarlas cuando el actor principal ha desaparecido y no queda más que el majestuoso escenario?

Entro en calor en la habitación. El sueño me vence pronto. Por la mañana, el sol me arrea tres o cuatro cachetes, me avisa que ya terminó todo, que mi retorno al pasado ha concluido. El presente me aguarda fuera. Siempre tendré la ocasión de volver para rendirle homenaje y hacer lo que no hice, pese a los intentos corajudos de mi padre que hasta sus últimos días intentó inculcarme la grandeza de esta tierra.

Antes de partir, miro la placa incrustada en la pared en homenaje al VII centenario del nacimiento del infante don Juan Manuel, y al instante me viene a la cabeza una de sus sentencias que me recuerda algo inevitable:

Cualquier tiempo pasado fue mejor.

Fantasías para un viajante
Manuel Ruiz-Castillo Ferrero

A Laura le pareció un poco raro que, viviendo los dos en Madrid, Jaime la telefoneara a media mañana a su consulta para citarla, a media tarde, en el Parador Nacional de Alarcón.

—¿Por qué? —preguntó con la natural extrañeza.

—Porque es un sitio fantástico —respondió Jaime con el tono un poco vehemente y entusiasta que solía utilizar para convencer de cualquier cosa al lucero del alba—. Te va a encantar, ya verás. Es precioso y muy, cómo te diría yo... muy medieval. Además, es un sitio discretísimo. El lugar ideal para pasar una noche inolvidable, querida.

Un leve matiz de pasión en las dos últimas frases y Laura, tras un levísimo silencio, se limitó a hacer una pregunta que implicaba aceptación:

—¿Y cómo se va?

—Coges la autovía de Valencia, todo seguido, y a unos ciento sesenta y nueve o ciento setenta kilómetros verás un desvío, antes de llegar a Motilla del Palancar, y te metes a la derecha. No tiene pérdida.

—Eso está a mitad de camino de Valencia, cariño.

—Ya.

—Un poco lejos, ¿no?

—No, mujer. Por la autovía llegas en dos horas, sin correr. Te espero a partir de las siete y media. ¿Vale?

—Vale.

A las siete y cuarto, el coche de Jaime, lanzado por la autovía de Valencia, redujo la velocidad un poco y tomó el desvío que conduce al Parador de Alarcón.

Una carretera secundaria se adentra por un terreno un tanto árido, de monte bajo. De pronto, tras una curva cerrada, la carretera desciende de golpe hacia un paisaje insólito, espectacular, tajado en la roca por el río Júcar, cuyas aguas se embalsan en un pantano. En un escarpado terreno, nuevamente ascendente, como surgiendo de las aguas verdes del embalse, aparecen los riscos coronados por un castillo que domina las casas y los campanarios de un pueblo medieval cercado por una triple muralla defensiva.

Hay que pasar tres puertas en las murallas, cruzar el pueblo y llegar a una explanada de cantos rodados que sirve de aparcamiento. El castillo no es muy grande, pero, visto desde fuera y disfrutado desde dentro, es una verdadera joya histórico artística que transporta al visitante, entre comodidades modernas y atenciones, a los turbulentos días de la Edad Media en que fue baluarte disputado por moros y cristianos.

A Jaime, que no tenía mucho tiempo en su vida cotidiana para evadirse a otros momentos históricos, ni acostumbraba divagar por lugares fantásticos fuera de la realidad, aquel lugar le inspiraba sensaciones e ideas diferentes a las habituales, y le hacía sentirse más aventurero, más romántico o, tal vez, más persona. Allí, entre los gruesos sillares de sus muros y sus almenas, perdida la mirada sobre los riscos y las aguas mansas del pantano como la de un halcón posado en una escarpadura; Jaime dejaba de ser un ejecutivo frío e implacable, un vendedor de ideas pragmáticas y de ambiciones irrenunciables, para descender, sin apenas darse cuenta, al nivel de un ser humano normal tirando a sensible.

Después de acicalarse un poco en la habitación, de dejarse caer de espaldas sobre la mullida cama con dosel para probar su confort y de asomarse brevemente a la ventana en forma de tronera abierta en el grueso muro de piedra berroqueña, bajó al salón y se sentó en un confortable sofá de cuero para degustar una bebida estimulante bajo la vigilancia de una refulgente armadura, supuestamente vacía, que hacía guardia junto a la puerta.

La lectura de un folleto sobre la historia del castillo y las características del lugar, el inmenso silencio que invadía el salón, la comodidad del asiento y la buena bebida, ayudaron a Jaime a esperar la llegada de Laura sumergido en un placentero sueño. En su inconsciente empezaron a resonar chirimías y atabales de imaginados ejércitos bereberes que avanzaban, serpenteando por los escarpados caminos, con la intención de reconquistar el castillo. Entonces Jaime, interpretando oficiosamente el papel de recepcionista del parador, salía al paso de las huestes de infieles que se agolpaban ante la puerta principal del establecimiento y les advertía amablemente:

—Lo siento mucho, señores, pero no hay habitaciones libres.

Luego, ante los gestos de decepción de los feroces guerreros africanos, sonreía y se excusaba, explicando:

—Es que el castillo no es muy grande y, naturalmente, tiene pocas habitaciones. Les aconsejo que, en otra ocasión, hagan la reserva con unos días de antelación.

Y así, de tan sencilla manera, evitaba en su modorra que las huestes invasoras recuperaran la fortaleza perdida siglos atrás. Estaba la mar de contento con lo que acababa de soñar cuando Laura le zarandeó un poco y le dijo:

—Despierta, hombre, que son más de las nueve y media.

Más tarde, le contó que se había retrasado algo más de dos horas sobre el horario previsto, ya que había tenido mucho jaleo en la consulta de pediatría del hospital, donde trabajaba. Además, se había pasado de largo del desvío y había llegado hasta Motilla, donde tuvo que preguntar y dar media vuelta para volver a buscar el camino del parador. La presencia de Laura y el sueñecito reparador, estimularon de nuevo el ímpetu romántico de Jaime, así como su apetito.

Eligieron algunos platos típicos de la región que figuraban en la carta: sopa de cebolla, morteruelo, perdiz rellena. Bebieron un buen vino tinto, un rico licor con los postres y, en la habitación, pidieron una botella de champán para celebrar el encuentro.

A Laura le gustó la habitación, sobre todo la cama con dosel, las paredes de piedra vista y la ventana en forma de tronera, abierta a una noche inmensamente silenciosa y estrellada. El vino y el licorcito de la cena, el champán y ese noséqué erótico que tienen los viajes y las habitaciones de los establecimientos hoteleros, hicieron el resto. Se desató la pasión entre Laura y Jaime, o viceversa, y se amaron locamente bajo el dosel. Luego, se levantaron, apuraron las últimas gotas de champán de la botella, se asomaron a la tronera y se fumaron un cigarrillo a medias.

—La ciudad fortificada de Alarcón se remonta al siglo VIII y fue un enclave militar durante la reconquista, arrebatado a los árabes por

Alfonso VIII en 1184 —recitó de memoria Jaime. Luego aspiró con deleite el frescor de la noche y añadió:

—Posteriormente, el castillo fue adquirido por el Marqués de Villena.

—Ya —respondió Laura apagando el cigarrillo y abrazándose cariñosa a la cintura, algo rolliza ya, de Jaime.

Insistiendo un poco más en su innecesario alarde de erudición, Jaime señaló hacia un lugar indeterminado de la torre próxima y siguió diciendo:

—Escuchando con atención, casi se puede oír el jadeo de un tal Fernán Martín de Ceballos, un héroe cristiano, que trepó por el torreón clavando dos puñales en las junturas de los sillares durante el asedio al castillo.

—Yo no oigo nada, cariño. Todo eso que me cuentas es muy interesante y muy medieval, pero me está entrando un sueño de espanto.

Laura bostezó, besó amorosamente a Jaime y luego tiró de él hacia la cama. Se amaron otra vez, un poco menos locamente que antes, y se durmieron. Al amanecer, el despertador les sobresaltó y les hizo apearse de la cama en marcha, como solían hacer todos los amaneceres. Saltaron de la cama somnolientos, chocaron al tratar de pasar los dos a la vez por la puerta del cuarto de baño, gruñeron unos buenos días y alguna que otra frase corta pero ininteligible, y Jaime cedió galantemente el paso a Laura, se sentó en el borde de la cama a esperar su turno y se quedó dormido un ratito, lo suficiente como para caerse de bruces sobre la alfombra y despertarse de nuevo, esta vez mucho más espabilado que la anterior.

Apenas tres cuartos de hora más tarde, ya estaban listos los dos para emprender una nueva jornada de trabajo. Desayunaron discretamente, pagaron la cuenta sin rechistar, salieron del castillo cada uno con su maletín de viaje en la mano, accionaron los respectivos mandos a distancia que desbloqueaban las cerraduras de sus respectivos coches, se besaron, se acomodaron cada uno tras un volante, arrancaron y salieron, uno detrás de otro, del recinto amurallado en dirección a la autovía. Al llegar al cruce, Laura torció a la izquierda, en dirección a Madrid, y Jaime lo hizo hacia la derecha, en dirección Valencia. A través de los espejos retrovisores, Laura y Jaime se fueron separando velozmente, alejándose el uno del otro, y el otro del uno, por la autovía, hasta que se perdieron de vista.

* * *

Tres días más tarde, al anochecer, Jaime llegó a su bonito chalet adosado en una zona residencial del extrarradio de Madrid. Dejó el maletín de viaje y las llaves sobre el arcón rústico del vestíbulo con gesto de cansancio y respondió al saludo de una empleada del hogar de tez morena y dulce acento caribeño, que acudió solícita a darle la bienvenida.

—¿Está la señora? —preguntó.

—Sí, señor. Está en la salita.

Jaime entró en la salita, donde estaba Laura sentada ante un escritorio de estilo inglés anotando algo en unos papeles con el membrete de un hospital del Insalud. Jaime y Laura se saludaron correctamente y se besaron sin pasión aparente.

—¿Qué tal te ha ido en Valencia? —preguntó ella.

—Vaya, bien —respondió él sin entusiasmo y preguntó a su vez, sin mucho interés—: ¿Qué tal va tu consulta?

—Vaya, bien.

La empleada del hogar se asomó a la puerta y anunció:

—La cena está servida.

Cenaron, casi en silencio, dos menús diferentes aunque igualmente sobrios, de régimen, y bebieron agua mineral sin gas. No tomaron postre, ni licores, ni champán.

Se levantaron de la mesa y se dirigieron bostezando hacia el dormitorio, una habitación amplia, confortable, con dos camas. Se desvistieron cada uno en un vestidor, se enfundaron en sendos pijamas discretos y se metieron cada uno en un cuarto de baño. Al cabo de un ratito, volvieron al dormitorio oliendo a dentífricos con flúor, se besaron de nuevo sin pasión, se desearon buenas noches y se metió cada uno en una cama.

Laura apagó inmediatamente la luz de la cabecera y Jaime permaneció recostado en la almohada, manipulando en una agenda electrónica, consultando y anotando algunas cosas.

La voz de Laura, algo somnolienta ya, le sacó de su abstracción:

—Jaime.

—Dime.

—Estuvo bien lo de la otra noche.

—¿Qué?

—Lo del parador...

—Ah, sí. Estuvo bien.

—Fue una buena idea. Me gustó mucho.

—Sí, ¿verdad?

—¿Cuándo vuelves a Valencia?

—Hasta fin de año no tengo que volver por Levante.

—¿Y no vas a ir a ningún otro sitio hasta entonces?

—Tal vez a Badajoz, la semana que viene.

—¿Hay algún parador que esté bien camino de Badajoz?

—Sí, mujer, el de Oropesa, que es precioso.

—¿Es un castillo?

—Sí. Del siglo XVI o XVII, me parece.

—Ah, bueno. Que descanses, cariño.

—Que duermas bien, querida.

Y Jaime, sonriendo levemente, apagó la luz y se sumergió en las cálidas profundidades de la cama solitaria, pensando en los viajes que tenía programados hasta final de año y que, en cada ruta, más cerca o más lejos, siempre había un parador cargado de historia, romántico y confortable, donde poder salpicar con algunas gotas de fantasía la rutina de sus vidas, tan laboriosas, tan inclinadas peligrosamente hacia la vulgaridad.

Estos relatos se imprimieron
el día de Santa Bárbara,
con luna creciente
en acuario.